Lisa Krusche

DAS UNIVERSUM IST VERDAMMT GROSS UND SUPERMYSTISCH

Lisa Krusche

DAS UNIVERSUM IST VERDAMMT GROSS UND SUPER MYSTISCH

BELTZ
& Gelberg

Lisa Krusche, geboren 1990, studierte Kunstwissenschaft und Literarisches Schreiben. Sie lebt als freie Schriftstellerin in Braunschweig. 2020 erhielt sie den Deutschlandfunk-Preis bei den 44. Tagen der deutschsprachigen Literatur in Klagenfurt und wurde für »Das Universum ist sehr groß und supermystisch« mit dem Hans-im-Glück-Preis ausgezeichnet.

MIX
Papier aus verantwortungsvollen Quellen
FSC® C089473

Dieses Buch ist erhältlich als:
ISBN 978-3-407-75600-8 Print
ISBN 978-3-407-75614-5 (EPUB)

in der Verlagsgruppe Beltz · Weinheim Basel
Werderstraße 10, 69469 Weinheim

Umschlaggestaltung: Felicitas Horstschäfer
Herstellung & Satz: Nancy Aprile, Lara Thorissen
Druck und Bindung: Beltz Grafische Betriebe, Bad Langensalza
Printed in Germany
1 2 3 4 5   25 24 23 22 21

Weitere Informationen zu unseren Autor_innen und
Titeln finden Sie unter: www.beltz.de

EINS

Ich habe eine Wasserpflanze bekommen. Eigentlich wollte ich einen Hund. Ich starre die Tüte mit Wasser an, die auf dem Tisch steht und in der die Pflanze mit ihren tentakeligen Stielen herumwabert. Der Mann hat sie mir geschenkt. Er kam in die Küche, in dem Bademantel meiner Mutter, die kinnlangen Haare standen in alle Richtungen ab, er hatte die Hände hinter dem Rücken und grinste dumm.

»Hab da was für dich, Gustav«, sagte er. Für eine klitzekleine Sekunde dachte ich: Welpe! Aber dann hat er die Tüte auf den Tisch gestellt. Ich starrte sie an. Er ging um den Tisch und klopfte mir von hinten auf die Schulter.

»Ziemlich cool, was?«, sagte er. Lily, die am Toaster stand, lächelte ihn an. So als hätte er was richtig Tolles gemacht. Dabei weiß sie genau, dass ich einen Hund will.

»Zu viel Arbeit«, hatte sie gesagt, »ich schaff das nicht, zwei Jobs und dann noch ein Hund.« Nur, dass es ja mein Hund wäre und ich mich kümmern würde. Aber das glaubt sie mir einfach nicht.

»Wenn's gut läuft, kriegst du einen Fisch dazu«, sagte der Mann und zwinkerte mir zu.

»Mal sehen«, sagte Lily.

»Das Leben ist ein großer Scherz«, sagt Opa manchmal. Ich glaube, ich weiß jetzt, was er meint.

»Dann bist du auch nicht ganz so allein, wenn wir wegfahren. Du kannst der Wasserpflanze ein Aquarium einrichten und was darüber lesen und so. Du liest doch voll gerne, oder?«, sagt der Mann jetzt und setzt sich an den Tisch. Was ich überhaupt nicht mag, ist, wenn Leute Sachen nachfragen, die sie längst wissen. Insgesamt mag ich eigentlich nichts von dem, was der Mann macht. Zum Beispiel mit Lily in den Urlaub fahren. Das war sein Vorschlag gewesen.

»Das erste Mal wegfahren seit zehn Jahren«, hatte Lily gesagt und war total aufgeregt. Sie wollen an die Ostsee. Nicht mit mir! Es ist keine gute Idee. Es läuft jedes Mal so: Ein Mann kommt, Lily ist kurze Zeit froh, der Mann geht wieder, Lily wird noch trauriger als vorher. Je länger der Mann da war, umso trauriger wird sie. Ein ganzer Urlaub kann nur noch mehr Traurigkeit bedeuten.

»Vergiss es«, habe ich gesagt und: »Wenn du mit dem wegfährst, rede ich nie wieder ein Wort mit dir!« Lily ist dann ziemlich sauer geworden. Ich auch, weil sie es nicht kapiert. Dass ich den Mann nicht leiden kann. Dass er dumme Witze macht und dumme Geschenke. Dass sie jedes Mal aufseiten der Typen steht und irgendwie vergisst, dass ich auch noch da bin. Dass wir, wenn überhaupt, jemanden brauchen, der bleibt. Ich habe noch *Ich will keinen Ersatzvater* in mein Handy getippt und es ihr unter die Nase gehalten.

»Gustav!«, sagte Lily. Dann sagte keiner mehr was. Und irgendwann Lily: »Na gut, dann passt meine Freundin Nadiah auf dich auf. Ich fahre auf jeden Fall.« Ich zuckte mit den Schultern. Soll sie doch. Ich mache dann, was ich immer mache. Zum Kanal gehen, Schiffe beobachten, Sachen sammeln. Wir haben eigentlich nie was gemacht in den Sommerferien. Lily hat immer gesagt: »Besser nicht wegfahren, sonst passt man am Ende nicht mehr in seine Welt.« Und jetzt fährt sie doch, und alles ist anders als sonst, aber nicht auf die gute Art.

»Bedank dich mal«, sagt Lily und setzt sich bei dem Mann auf den Schoß. Ich nicke dem Mann zu.

»Gustav!« Lily guckt mich böse an. »Es ist ja nicht so, dass du nicht reden kannst.« Ich beiße von meinem Toast ab.

Ich habe es mir geschworen und ich werde das durchziehen.

»Ist schon o.k.«, sagt der Mann und das kann man ihm nicht übel nehmen. »Ist echt schade, dass du nicht mitkommst. Ich weiß, du bist nicht der Gesprächigste.« Der

Mann lacht, was auch immer es da zu lachen gibt. »Aber wir würden bestimmt dicke Freunde werden.« Als ob. Ich zucke wieder mit den Schultern. Ist ihm egal. Er redet immer weiter, wie toll es dort sei, wo sie hinfahren, und die schönen Strände und so weiter, und Lily guckt ihn an, als würde er gerade die klügsten Dinge der Welt sagen. Ich stupse mit dem Finger gegen die Wasserpflanzentüte. Sie wackelt hin und her.

»Denkst du dran, heute Opa zu besuchen?« Lily küsst den Mann auf die Wange und steht auf. Ich nicke. Ich bin für Opa zuständig. Weil Lily morgens arbeitet und abends auch und danach darf man keine Besuche mehr im Altersheim machen. Zumindest behauptet Lily das. Ich stehe auf und nehme mir die Tüte. Die Pflanze schwappt hin und her. Ich werde sie Agatha nennen. »Du heißt Agatha, obwohl du null wie eine Agatha aussiehst«, werden die Leute sagen und »Was ist das überhaupt für ein komischer Name?« werden sie fragen. Und Agatha wird nichts antworten und mich stattdessen angucken und wir werden uns wissend zunicken. Ich gehe mit Agatha auf den Balkon.

So, guck. Hier lebst du jetzt, sage ich zu ihr in Gedanken. Ich halte sie hoch, damit sie über das Geländer gucken kann. Ich zähle am liebsten die Leute, die aus der S-Bahn-Haltestelle kommen, oder die S-Bahnen, die ankommen und abfahren, oder die Autos, die von morgens bis abends die Hauptstraße entlangfahren, oder wie viele Menschen in den umliegenden Hochhäusern ihre Balkone zum Wäschetrocknen benutzen. Ganz schön viele. Wäsche trocknen und rauchen, das machen die meisten Leute auf ihren Balkonen. Manche lagern auch ihr Altglas oder sonst irgendwelchen Müll da draußen. Nur hin und wieder gibt es mal einen Plastikstuhl oder einen Tisch. Alles ist irgendwie grau, obwohl die Sonne scheint. Es ist der erste Tag der Sommerferien und nichts ist gut. Ich nehme den Arm wieder runter.

Genug gesehen, oder? Agatha sagt nichts, schwappt nur hin und her. Ich glaube, ich mag sie. Aber den Mann mag ich deswegen noch lange nicht.

Der Mann muss weg, sage ich zu Agatha im Kopf.

Aber wie, fragt Agatha. Und da weiß ich, dass sie sehr klug ist, denn das ist eine verdammt gute Frage.

ZWEI

Ich kicke einen Stein. Er klackert über die Waschbetonplatten und bleibt vor dem alten Friseursalon liegen. Er steht schon lange leer, wie die meisten Läden hier. Ich stecke den Stein in die Hosentasche. Ich sammle alle Sachen, die einfach so rumliegen und so klein sind, dass sie in meine Hosentasche passen. Als ich klein war, dachte ich, dass irgendwie alle Sachen, die so rumliegen, eine Spur zu meinem Vater bilden. Dass er sie verloren hat. Deswegen wollte ich alles behalten. Als Erinnerung, und vielleicht, dachte ich, wenn ich genug gesammelt habe, würden sie mir Hinweise darauf geben, wer er ist und wo er sich aufhält. Jetzt bin ich groß und weiß schon, dass das Quatsch war. Aber Sachen sammeln mag ich trotzdem. Auch wenn sich mein Vater damit niemals finden lässt.

Dabei könnte ich ihn jetzt ganz gut brauchen, sage ich zu Agatha. Sie sagt nichts und schwimmt nur rum. Es ist nicht besonders viel los heute. Ein paar Kinder, die auf dem Spielplatz kicken, und die verrückte Frau Nowak auf ihrer Bank, die immer vom Messias erzählt. Oder Altpapier sammelt. Irgendwer müsse doch all diese Informationen bewahren, hat sie mir einmal erklärt. Sie hat wohl noch nie etwas vom Internet gehört.

»Hallo, Gustav«, sagt sie. Ich nicke ihr zu und setze mich neben sie und ihre vielen Tüten. Wir sitzen hier oft nebeneinander. Wenn Lily arbeitet und die Wohnung ganz still ist, bis auf das Ticken der Küchenuhr. Wenn Lily da ist und traurig vor dem Fernseher rumhängt. Wenn Lily und Nadia Mädelsabend machen. Wenn Lily sagt: »Geh doch mal raus und spiel mit deinen Freunden.« Wenn Lily und der Mann da sind und sich, so wie jetzt, darüber unterhalten, was sie alles einpacken wollen.

»Ein schlafender Fuchs fängt kein Huhn«, sagt Frau Nowak. Ich nicke, als hätte ich eine Ahnung, was sie meint. Sie reicht mir ein Stück Schokolade in Goldpapier eingewickelt aus ihrer Jackentasche. Ich stecke es in meine Hose. Die Schokolade von Frau Nowak schmeckt, wie sich das meiste hier anfühlt: zerbröselt und fade. Alles müsste anders sein.

»Ein Ziel ohne Plan ist auch nur ein Wunsch«, sagt Frau Nowak, und ich stehe auf, weil es mir manchmal so vorkommt, als könne sie meine Gedanken lesen, und das ist creepy.

»Tschüss, tschüss«, sagt sie und ich winke ihr zum Abschied zu.

DREI

Es stinkt in Opas Heim. Dieser komische Geruch. Irgendwie süß, aber nicht auf die gute Art schmackofatzsüß, sondern faulig süß. Es sticht einem in der Nase. Keine Ahnung, warum Opa hier unbedingt leben will. Er ist ja noch keine hundert oder so. Er ist schon hier, seit ich denken kann. »Als Oma verschwunden ist, ist Opa ein bisschen durchgedreht. Und als er damit fertig war, wollte er ins Heim.« So hat Lily das gesagt. Altersheim, Tierheim, Kinderheim. Warum gibt es eigentlich kein Heim für Erwachsene, wo man sie abgeben kann, wenn man sie nicht mehr will oder sich nicht mehr um sie kümmern kann oder sie einem keinen Hund kaufen?

»Hallo, Gustav«, sagt die Pflegerin Martha, die ich von allen am liebsten mag. »Dein Opa ist in seinem Zimmer.« Das überrascht mich nicht. Opa ist immer in seinem Zimmer. Er sitzt da und sitzt und sitzt. Noch schlimmer ist nur sein Zimmernachbar. Der schläft die ganze Zeit. Das Einzige, was man manchmal mitbekommt, ist ein leises Schnarchen.

Ich schließe die Tür vorsichtig hinter mir. Die Sonne scheint durch die Fenster und lässt das Graubraun der Wände, der Möbel und der Menschen ein bisschen goldgelb erscheinen. Opa sitzt am Esstisch, seine Hände liegen auf der Tischplatte, die Fingerkuppen direkt an der Kante einer gehäkelten Decke. Er ist so blass wie immer, seine Haut wirkt fast durchsichtig. Ich nicke ihm zu und setze mich ihm gegenüber. Die Adern unter seiner Haut führen wie kleine Straßen durch sein Gesicht.

»Die Hölle ist bodenlos«, sagt Opa. Er tippt mit dem Finger auf die Tischdecke. »Das ist nicht meine. Die hat die Frau von meinem Mitbewohner gemacht, damals. Das erzählt er mir. Tag für Tag. Das ist die Geschichte, die von seinem Leben übrig ist. Furchtbar.« Opa wirft einen Blick auf das Bett und dann auf die Tischdecke. Dann starrt er wieder. Ich kann eigentlich nicht glauben, dass sein Zimmernachbar jemals wach ist. Opa und ich, wir atmen jetzt. So geht das meistens. Opa regt sich auf, dann schweigen wir und sitzen. Das war's. Trotzdem will Lily, dass ich immer herkomme. Vielleicht hat sie ein schlechtes Gewissen, weil sie es selbst nicht macht. Vielleicht denkt sie, es wäre gut, wenn wenigstens einer von uns Kontakt zu Opa hat. Vielleicht denkt sie, es ist gut, wenn ich beschäftigt bin, damit ich keinen Mist bauen kann. Ich drehe die Filzstiftkappe (rot), die ich auf dem Weg hierher gefunden habe, in meinen Fingern. Erwachsene sind komisch. Sie fürchten sich immer vor den falschen Dingen. Sie fürchten sich, dass man Mist baut oder dass mal nichts wird aus einem oder dass man vergisst, sein Zimmer aufzuräumen. Dafür haben sie keine Angst davor, nie Freunde zu finden, oder davor, mit Trotteln in den Urlaub zu fahren oder dass uns eines Tages der ganze Sand ausgeht. Der wird nämlich knapp, das habe ich mal gelesen. Trotzdem habe ich noch nie einen Erwachsenen getroffen, der zu mir gesagt hat: »Gustav, ich bin heute ganz schön müde, weil ich so schlecht geschlafen habe. Ich hatte nämlich einen Albtraum, in dem ich an keinem Strand mehr liegen konnte, weil es keinen Sand mehr gab.«

»Ach«, sagt Opa und seufzt. »Einmal noch, Gustav. Einmal noch die laue Sommerluft, den warmen Asphalt der Straße, die sich vor einem entrollt, am Straßenrand die Lichter, die Bars und die Musik. Einmal noch eine große Reise und spannende Menschen. Solche, die mehr zu erzählen haben als von ihrer Häkeldecke. Und Miffler wiedersehen!« Miffler ist Opas Kaninchen gewesen. Als er noch beim Zirkus war. Das war, bevor Oma verschwunden und Opa ein bisschen durchgedreht ist. Und wenn Opa gerade nicht meckert, dann erzählt er vom Zirkus. Davon, wie er Seiltänzer werden wollte, aber doch immer ein Clown geblieben ist. Ich glaube nicht, dass Miffler noch lebt. Und manchmal kann ich auch das mit dem Zirkus kaum glauben, wenn ich Opa da sitzen sehe, ganz klein in seinem Stuhl. Wahrscheinlich denkt er sich das aus, ein Leben, das mehr war als Balkone mit Altpapier und dann Altersheim.

»Das waren Zeiten, Gustav. Das hättest du erleben sollen.« Er bricht ab, dreht den Kopf und schaut aus dem Fenster. Ich war noch nie in einem Zirkus. Früher, als Kind, wollte ich jedes Mal hingehen, wenn ich eines der bunten Plakate gesehen habe. Aber Lily mochte nicht. »Auf keinen Fall. Zirkus ist was für Träumer.« Lily will immer der Realität ins Auge sehen. Außer, wenn es darum geht, mit einem Großkotz in den Urlaub zu fahren. Das ist auch wie Zirkus, aber ohne Popcorn und in schlecht.

Ich stehe auf und schiebe meinen Stuhl zurück an seinen Platz.

»Ah.« Opa nickt. »Tschüss, Gustav.« Er guckt weiter aus dem Fenster, und auf einmal tut er mir leid, ohne dass ich sagen kann, warum. Ich nicke ihm zum Abschied zu.

VIER

Vor dem Altersheim hole ich Agatha aus meinem Rucksack. Sie wohnt immer noch in dem Gefrierbeutel.

Irgendwann finden wir ein besseres Zuhause für dich, sage ich zu ihr. *Aber jetzt gehen wir erst mal zum Kanal.*

Okay, sagt Agatha

Ich trage den Beutel in der Hand, damit Agatha die Aussicht genießen kann. Am Kanal steht eine Weide. Ich lehne Agatha im Beutel vorsichtig an ihren Stamm und setze mich daneben.

Das hier ist mein Lieblingsort, sage ich zu Agatha.

Ich mag Wasser, sagt Agatha.

Logisch, sage ich. *Ich mag Luft wahrscheinlich auch ziemlich gerne.*

Ein Frachtschiff fährt vorbei. Ich winke. Niemand winkt zurück. Wahrscheinlich sieht man mich gar nicht. Ich bin nur ein kleiner Fleck am Ufer. Da fährt er vielleicht, mein Vater. Ist Kapitän dieses Schiffs, steht am Steuer und träumt davon, Hochseekapitän zu werden, und übersieht deswegen seinen Sohn am Ufer.

Eigentlich habe ich keine Ahnung, sage ich zu Agatha, *ich kenne meinen Vater gar nicht und ich weiß auch nichts über ihn.* Agatha sagt nichts. Ich schätze, Wasserpflanzen interessieren sich einfach nicht für Väter. Dabei wüsste ich gern mehr. Am besten wäre es, er würde einfach wiederkommen und die Dinge in Ordnung bringen. Der Mann würde verschwinden. Papa würde für immer bleiben und Mama müsste nie mehr traurig sein. Sie könnten beide arbeiten und jeder dafür nicht so viel. Ich wäre weniger allein und könnte einen Hund bekommen. Ich hole meine Liste der Menschen, die mein Vater sein könnten, aus meinem Rucksack. Ich schreibe *Binnenschifffahrtskapitän* drauf.

»Ey! Was schreibst'n da?« Neben der Weide steht ein Mädchen. Das breiteste Grinsen der Welt leuchtet mir entgegen, und ich habe das Gefühl, es riecht plötzlich nach Zimt. In ihre superlangen Haare sind bunte Bänder geflochten und um den Hals trägt sie einen riesigen, bunt gestreiften Schal. Was ein wenig seltsam wirkt mitten im Sommer. Auf ihrem sehr langen weißen T-Shirt sind lauter Farbflecken zu sehen, genau wie auf ihren Sneakers.

»Zeig mal her!« Sie schnappt sich die Liste. »Liste der Menschen, die mein Vater sein könnten. Aha.« Sie guckt mich an und grinst wieder und irgendwie muss ich bei den Sommersprossen in ihrem Gesicht an die Milchstraße denken. »Du kennst deinen Vater nicht?«

Ich schüttle den Kopf.

»Scheiße«, sagt sie. Ich runzle die Stirn, obwohl es schon stimmt.

»Ich habe einen, aber der ist verrückt. Zumindest im Moment. Er bereitet gerade eine Einzelausstellung vor. Der ist Künstler. Deswegen schläft er nicht mehr, und je weniger er schläft, umso aufgedrehter wird er und umso weniger schläft er, und er redet die ganze Zeit nur von der Kunst. Na ja.« Sie lässt sich auf den Boden fallen. »Ich bin übrigens Charles.«

Ich nicke und lächle.

»Und du?«

Ich hole mein Handy raus und tippe: *Gustav.*

»Bist du bescheuert? Also, ich meine, nicht ganz dicht im Oberstübchen?« Sie tippt sich an den Kopf.

Nein, schreibe ich und halte ihr das Handy hin. Sie zieht die Augenbrauen zusammen und hebt das Kinn ein wenig.

»Okayyyy.« Sie zieht das Wort so lang wie einen Kaugummifaden. »Aber du sprichst nicht.«

Ich habs mir geschworen.

»Du hast es dir geschworen, nicht zu sprechen? Warum?«

Weil meine Mutter mit ihrem neuen Freund in den Urlaub fahren will

»Und das darf die nicht, oder was?« Sie legt den Kopf schief.

Er ist komisch

»Aber ist doch ihre Sache!«

Ist auch meine Sache irgendwie. Am Ende wird sie wieder traurig sein, weil er abhaut. Alle hauen immer ab. Dann wird sie immer traurig. Und mit den anderen war sie noch nicht mal im Urlaub.

»Aha«, sagt Charles und nickt, »und in echt willst du auch lieber deinen richtigen Vater finden, oder was?« Sie guckt wieder auf die Liste. »Unser Nachbar Herr Öztropak«, liest sie vor, »der Kassierer vom Kaiser's, der Mann, der pfeifend in der Bahn saß, der Baklava-Verkäufer. Schreibst du da einfach jeden drauf?«

Ich schnappe mir die Liste und stecke sie schnell ein.

»Okay, okay«, sagt Charles, »sorry, war unhöflich von mir.« Sie schiebt die Unterlippe über die Oberlippe und schaut auf den Kanal.

»Was ist das?« Sie deutet auf Agatha.

Das ist Agatha, meine Wasserpflanze

»Abgefahren«, sagt Charles. »Sag mal, hast du zufällig Hunger? Ich hab Megahunger!«

Ich nicke. Charles springt auf und hält mir die Hand hin. Ich ziehe mich daran hoch und schnappe mir Agatha. Dann gehen wir los, Charles vorneweg.

Unterwegs finde ich einen blauen Flummi und ein Haargummi. Charles beobachtet, wie ich die Sachen aufhebe, sagt aber nichts dazu. Ansonsten redet sie die ganze Zeit. Sie erzählt von sich und ihren anstrengenden Eltern und davon, dass ihre beste Freundin die Ferien über weg ist und dass sie auch dringend mal Urlaub brauchen würde oder überhaupt etwas zu tun. Als wir beim Pizzaimbiss ankommen, bestellt sie zwei Margherita mit viel Käse. Wir setzen uns auf eine der Holzbänke und warten.

»Also du redest nicht«, sagt Charles, »interessant. Und dein Vater ist weg. Und du hebst Dinge von der Straße auf, um sie zu sammeln. Gustav, ich scheine da in eine spannende Geschichte gestolpert zu sein.« Charles schließt die Augen und kräuselt die Stirn zu einer großen Denkerfalte. Die Sonne scheint uns warm ins Gesicht, Autos fahren vorbei und ein kleiner Junge mit einem Eis in der Hand läuft den Bürgersteig entlang. Agatha steht auf dem Tisch, ihr Wasser glitzert im Licht.

»Wir finden deinen Vater«, sagt Charles plötzlich. Ich muss an Segel denken, in denen sich der Wind verfängt und die sich dann mit einem Schlag aufblähen. Ich nicke. Ich gucke Agatha an und denke an Mama und den Mann und alles, was nicht gut ist, und alles, was eigentlich nie gut war.

»Zwei Mal Margherita ist fertig«, ruft der Pizzabäcker.

»Yeah«, Charles springt auf. »Pizza ist das Größte.«

FÜNF

»Ich habe noch nie einen Clown kennengelernt«, ruft Charles nach hinten zu mir. Sie ist nicht größer als ich, aber viel schneller. Ich beobachte ihre Beine, um drauf zu kommen, woran das liegt. Ob sie mehr oder besonders schnelle Schritte macht. Ich finde es nicht raus. In meiner Hand schaukelt Agatha hin und her, während ich versuche, an Charles dranzubleiben. Wir laufen zu Opa. Charles hat mich gefragt, wer uns etwas zu meinem Vater erzählen könnte, und da bleibt nur er. Mama habe ich mal gefragt, was mit Papa ist, und sie hat nur »Er ist schon lange weg« geantwortet und sich ihre Schlüssel geschnappt, um zur Arbeit zu gehen. »Dann gehen wir zu deinem Opa«, hat Charles gesagt und ich habe *Können wir ja versuchen* getippt und Charles hat »Das machen wir jetzt auch« gesagt. Ich glaube, sie wird enttäuscht sein. Opa ist der traurigste Clown, den ich kenne.

»Hallo, Gustavs Opa«, ruft Charles beim Betreten des Zimmers. Die Tür knallt gegen die Wand, weil Charles sie mit so viel Schwung aufgestoßen hat. Opas Zimmernachbar richtet sich kerzengerade auf. Es ist das erste Mal überhaupt, dass ich ihn wach sehe. Opa sagt nichts und zieht nur die buschigen Augenbrauen hoch.

»Reden Sie etwa auch nicht, so wie ihr seltsamer Enkel?« Charles guckt Opa interessiert an. Er sitzt immer noch so da wie vorhin. Charles geht auf Opa zu und hält ihm die Hand hin. »Ich bin Charles. Ich bin jetzt eine Freundin von Gustav, ich dachte, die kann er gebrauchen.« Sie grinst und ich grinse heimlich auch ein bisschen. Opa steht auf. Von selbst und einfach so. Er schüttelt Charles' Hand. Er kommt mir kräftiger vor als sonst, weniger blass.

»Sehr erfreut, Charles. Ich bin Joseph Socier. Joseph, wie der weltberühmte Joseph Grimaldi.«

»Ihr habt ja alle Namen«, sagt Charles.

»Oh ja, das mit Gustav, das war mein Vorschlag damals. Wie Gustav Mahler. Einer der bedeutendsten Komponisten der Spätromantik. Zu seiner Sinfonie Nummer 9 bin ich mal aufgetreten. An dem Abend habe ich auch Gustavs Oma kennengelernt. So war das. Eine große Liebe. Gustav Mahler hatte auch eine große Liebe: Alma Schindler. Die hat damals allen Männern den Kopf verdreht. Einer von denen war Oskar Kokoschka. Der hat sich nach der Trennung eine lebensgroße Puppe von ihr fertigen lassen. Aber das ist noch mal eine andere Geschichte. Jedenfalls haben Gustav und Alma geheiratet. Aber die Ehe lief nicht besonders gut. Gustav Mahler haben diese Probleme sehr zugesetzt. Auch Gustav Mahler hat die Trennung von seiner Frau nicht gut überstanden. Musste sich dann von dem berühmten Psychoanalytiker Sigmund Freud behandeln lassen. Aber auch der konnte den guten Gustav nicht wieder ganz reparieren. So ist das mit der Liebe, sie hinterlässt Spuren, die sich nicht tilgen lassen.«

»Das Vorbild für deinen Namen war also plemplem«, sagt Charles. Ich nicke nur.

»Er war auch ein Genie«, sagt Opa und setzt sich wieder hin.

»Es gibt also noch Hoffnung für dich«, sagt Charles zu mir, dann dreht sie sich zu Opa. »Wir haben da eine Frage.«

»Ach so«, sagt Opa.

»Genau«, sagt Charles. »Wo ist Gustavs Vater?« Charles ist keine, die lange drum herum redet. Opa starrt wieder. Er ist so beige wie vorher, manchmal ist es fast, als würde er sich in seiner Umgebung auflösen.

»Dazu kann ich nichts sagen«, sagt Opa irgendwann.

»Weil Sie nichts wissen oder nicht wollen?«, fragt Charles.

»Weil ich nicht kann«, sagt Opa. »Ich bin nur ein alter Mann, kurz vor seinem Tod. Ich mische mich nicht mehr ein.«

»Verstehe. Sie haben aufgegeben. Das kenne ich von Papa. Aus seinen schwierigen Phasen, wenn ihm nichts mehr einfällt. Kunstkrisen. Ich erkenn das, wenn Leute im Herzen hingeschmissen haben.« Charles guckt Opa streng an.

»Ich habe nicht aufgegeben«, sagt Opa.

»Sie sind also superzufrieden hier? Sie können sich nichts Besseres vorstellen, als Ihre gesamte Zeit an diesem Ort zu verbringen, und ab und zu kommt Ihr Enkelkind, das nicht redet und bloß blöd in der Gegend rumguckt – und das war's?«

Opa sagt nichts. Ich fühle mich ein bisschen beleidigt.

»Na gut«, sagt Charles, »das scheint ja so euer Ding zu sein, das könnt ihr gut. Ich kann das aber auch.« Sie hört auf zu reden und starrt Opa an. Opa starrt die Wand an. Ich starre die beiden an.

»Na, das ist ja eine heitere Gesellschaft«, sagt Martha, die mit einem kleinen Tablett zur Tür reinkommt. »So, die Herrschaften, die Medikamente rufen.« Sie stellt einen kleinen Plastikbecher vor Opa hin, und den anderen gibt sie Opas Zimmernachbarn in die Hand, der nur so dasitzt in seinem Bett und vermutlich nicht glauben kann, dass er tatsächlich wach ist.

»Eins sage ich Ihnen noch: Ich werde das hier länger aussitzen können als Sie. So rein was unsere Lebenszeit angeht.« Charles zieht die Nase hoch und starrt Opa weiter an. Opa kippt den Inhalt des kleinen Plastikbechers in seinen Mund und einen Schluck Wasser hinterher.

»In Ordnung«, sagt Opa, »ich erzähle euch, was ich weiß.« Er dreht den Kopf und blickt mich ernst an. »Aber ihr dürft nicht enttäuscht sein. Es ist wohl weniger, als ihr denkt.«

»Okay«, sagt Charles und ich tippe *ok* und halte es den beiden hin. Weil meine Hand zittert, zittert das Handy.

»Dein Vater heißt Emilio Galetti. Er hat für eine Saison als ›Junge für alles‹ beim Zirkus gearbeitet. Wenn was kaputt ging, war er zur Stelle. Oder wenn etwas besorgt werden musste. Ein stiller Typ, nicht ganz leicht einzuschätzen.« Emilio Galetti. Ich sage mir den Namen in meinem Kopf vor. Ich probiere ihn aus, schaue ihn von allen Seiten an, ich drehe ihn hin und her. Charles guckt mich fragend an, vielleicht ist sie besorgt, ob ich das wegstecken kann. Ich nicke.

»Gut!«, sagt sie, »und was wissen Sie noch? Wo ist er hin? Warum haben sich Gustavs Mama und er getrennt?«

Opa guckt kurz auf seine Hände, dann sieht er uns wieder an. »Hm«, sagt er. »Ich weiß, dass er einen Freund hier in Berlin hatte. Dem gehörte der *Zauberkönig*. Da hat Emilio manchmal Sachen besorgt, wenn wir in Berlin gastiert haben. Rote Nasen, Zauberstäbe und was eben so kaputt gegangen war.«

»Den Laden kenne ich!«, sagt Charles. »Der ist lustig. Da kann man diverse Scheiße kaufen, echt jetzt. Sogar relativ günstig.« Sie lacht. Wer möchte bitte so was kaufen? Oder bezeichnet der Ladenbesitzer seine Sachen so? Das wäre aber ganz schön bescheuert, und ich fände das schon blöd, wenn der Freund von meinem Vater, und vielleicht der einzige, den ich je kennenlernen werde, ein Dummkopf ist.

»Das ist alles, was ich weiß«, sagt Opa, »an mehr kann ich mich nicht erinnern. Ich bin alt und mein Gedächtnis ist langsam und störanfällig.«

Charles nickt nachdenklich, dann steht sie auf. »Danke, Herr Socier. Jetzt haben wir schon mal eine Spur und das ist ja das Wichtigste in diesem Business.« Sie schüttelt ihm die Hand. »Wiedersehen«, sagt sie.

»Macht's gut«, sagt Opa, leise, als wäre er mit den Gedanken schon woanders.

»Da ist etwas faul«, sagt Charles leise auf dem Flur zu mir. Sie schielt nach links oben, dann nach rechts, dabei verzieht sie den Mund, als würde sie gleich pfeifen, aber sie pfeift nicht. »Ich glaube, dein Opa weiß mehr, als er zugibt. Echte Detektive haben das im Urin.«

Echte Detektive?

Charles streckt meinem Handy die Zunge raus. »Ja genau«, sagt sie, »echte Detektive. So wie ich eine bin. Die beste Detektivin der Welt.« Sie verschränkt die Arme. »Alles klar??«

Klar

»Na dann!«

Draußen ist es immer noch klebrig warm, obwohl es langsam Abend wird. Charles streckt sich. »Wir finden ihn. Ich hab da ein gutes Gefühl. Die Welt ist kleiner, als man denkt.«

Die Erdoberfläche beträgt 510.000.000 km². Charles guckt auf mein Handydisplay und sieht mich dann sehr streng an.

»Genau, du Schlaumeier. Man kann sie ausmessen, sie ist also nicht unendlich groß. Also gehen wir zu diesem Freund von deinem Vater?« Ich nicke, aber da ist Charles schon losgelaufen.

SECHS

»Guck«, sagt Charles, als wir vor dem *Zauberkönig* stehen, und deutet auf eins der Schaufenster. Darin liegen Kartenspiele und Perücken, Zauberwürfel, Plastikgebisse zum Aufziehen und Augen aus Glibber. Es gibt Blechspielzeuge und Zauberstäube und eine Vitrine, in der ein Schild steht: *Diverse Scheiße 1,50 – 3,50 Euro,* und daneben liegen künstliche Kackhaufen. Ach so. Ich muss grinsen.

»Super, oder?« Charles grinst auch. Beim Aufmachen der Tür zwitschert es. Drinnen gibt es noch viel mehr, viel verrücktere Sachen als im Fenster. In den Regalen stapeln sich Zauberutensilien. Es gibt Umhänge, Hüte und Stäbe, es gibt Schminke, es gibt künstliches Blut und Stoffkaninchen, es gibt Kartensets und Gummiskelette, es gibt Girlanden und Knallbonbons, es gibt Plastikhände und Plastikfüße. Es gibt Oktopusarme, die man über seinen Stift stülpen kann, Vampirzähne und Kerzen, die sich nicht auspusten lassen. Es gibt Gläser voller Bonbons mit Pfeffer- und Knoblauchgeschmack und Lollis und Perücken und flauschige Würmer an einem Bindfaden.

»Kann ich Ihnen behilflich sein?« Ein Mann tritt hinter einem Vorhang hervor. Er stützt sich mit den Armen auf dem Ladentresen ab und schaut uns an. Er sieht alt und gleichzeitig jung aus. Seine Haare sind weiß, aber dicht und lockig. Er hat einen Schnurrbart, so einen dünnen, dessen Enden nach oben gezwirbelt sind, und um seine Augen und seinen Mund sind eine Million Falten. Seine Hände sind kräftig und groß, überhaupt alles an ihm ist groß und kräftig, die Arme, der Bauch, die Schultern, der Kopf, alles, er ist viel zu groß für diesen kleinen Laden.

»Das hoffe ich sehr!«, sagt Charles.

»In welche Richtung soll es denn gehen? Zauberei, Verkleidung, Scherzartikel?«

»Wir wollen nichts kaufen, wir suchen Antworten«, sagte Charles. Der Mann guckt sie an, er guckt mich an, er beugt sich noch ein Stück weiter nach vorne über den Tresen, die Augen kneift er zusammen. »Da seid ihr bei mir falsch. Ich verkaufe Illusionen, keine Antworten. Für Antworten müsst ihr in die Schule gehen oder in die Kirche oder sonst wohin.« Er dreht sich um.

»Ich will auch keine Antwort kaufen, ich will sie kostenlos. Ich zahle nicht für Antworten, klar? Und haben Ihre Eltern Ihnen keine Höflichkeit beigebracht? Lassen Sie mich doch erst einmal erklären, worum es geht, bevor Sie direkt wieder gehen.« Der Mann dreht sich wieder zu uns um, er hat jetzt zwei tiefe Falten zwischen den Augenbrauen.

»Du bist ganz schön frech für deine Größe und dein Alter«, sagt er, »ich frage mich, ob deine Eltern dir keinen Anstand beigebracht haben. Man soll nämlich keine fremden Menschen belästigen, hörst du? Vor allem nicht, wenn sie einem das klipp und klar gesagt haben. Und man soll Erwachsene auch nicht bei der Arbeit stören.«

»Nein, das haben sie mir nicht beigebracht. Meine Eltern glauben nämlich nur an die Freiheit und die Kunst und Licht und Liebe und die Revolution.«

»Ha!«, sagt der Mann und sonst nichts und steht jetzt da wie eingefroren. Ich wette, sonst geben ihm Kinder keine Widerworte, überhaupt niemand gibt ihm sonst Widerworte.

»Aber«, sagt Charles, »ich bin nicht hier, um über meine Eltern zu plaudern, das können wir vielleicht beim nächsten Mal machen, und dann reden wir auch darüber, warum sie meinen, Arbeit sei das Allerwichtigste im Leben, und was daran falsch, ganz falsch ist und was vielleicht sonst wichtig sein könnte für sie. Nur heute nicht, weil heute habe ich nur eine Frage: Emilio Galetti?« Der Name schwebt im Raum, es ist still, Charles und ich beobachten den Verkäufer, seine Augen verengen sich kurz zu Schlitzen, und ich frage mich, ob er gleich losdonnert, dass ein Name keine Frage sei und dass wir jetzt verdammt noch mal endlich verschwinden sollen, dann entspannt sich sein Gesicht.

»Emilio«, sagt er und plötzlich ist seine Stimme so weich wie Schokolade in der Sonne.

»Ja«, sagt Charles, »das hier ist sein Sohn.« Sie deutet auf mich. Es ist das erste Mal, dass ich als der Sohn eines Vaters vorgestellt werde. Der Mann mustert mich, nicht mehr böse, sondern interessiert und aufmerksam.

»Emilio hat einen Sohn? Das wusste ich nicht. Ich habe ihn so lange nicht mehr gesehen. Jahrelang.«

»Hat er«, sagt Charles, »hier steht er, der Beweis.«

»Ja«, sagt der Mann, »ja. Das sieht man.« Man sieht das.

»Wie heißt du denn?«

»Er heißt Gustav. Und Gustav redet nicht«, sagt Charles und der Mann nickt und fragt nicht weiter nach, und das ist der Moment, in dem ich, der Sohn von Emilio Galetti, anfange, den Freund von Emilio Galetti zu mögen.

»Wir suchen ihn. Also Emilio. Wir wissen bisher nur seinen Namen und dass Sie sein Freund sind. Das hat uns Gustavs Opa verraten, Herr Socier.«

»Nie gehört«, sagt der Mann.

»Nie gehört?«, fragt Charles.

»Nie gehört.«

Wieso hat er, wenn er der Freund von Emilio war, nie etwas von Opa gehört?

»Wo ist er jetzt?«, fragt Charles. »Was wissen Sie über ihn? Können Sie uns etwas erzählen? Sehen Sie, mein Freund hier, Gustav, der würde echt gerne was über seinen Papa erfahren.«

»Ich weiß nicht, wo er jetzt ist, wie gesagt, es ist Jahre her. Aber ich erzähle euch gerne das, was ich weiß. Ich würde euch ja anbieten, euch zu setzen, aber wie ihr sehen könnt, ist es hier sehr eng, und ich habe auch nicht ausreichend Stühle. Ich habe nur zwei. Einen hier und einen hinten in meinem Zimmer. Da steht auch ein Sessel, aber hinter den Vorhang dürfen nur Mitarbeiter, das versteht ihr sicher.« Ich nicke. Charles auch. Obwohl es keiner von uns wirklich kapiert.

»Emilio hat damals beim Zirkus gearbeitet. Daher kannten wir uns. Er musste nämlich ganz oft Dinge bei mir besorgen. Richtige Großbestellungen waren das. Er kam hier dann immer vorgefahren mit so einem klapprigen dunkelgrünen Volvo und wir haben den ganzen Kofferraum vollgeladen. Und dann ist er wieder los und kam lange nicht mehr vorbei und dann war er plötzlich wieder da. Immer unterwegs. Na, und vor Jahren, als ich ihn das letzte Mal gesehen habe, da wollte er in die Slowakei. Gesagt, warum, hat er nicht. Oder hat er und ich habe es vergessen? Das wäre auch möglich. Vielleicht, ja, ich meine mich zu erinnern, dass er dort einen Freund besuchen wollte. In einer kleinen Siedlung nahe dem Örtchen Župkov.«

Ich zupfe an Charles' Ärmel und drücke ihr mein Handy in die Hand:

Frag ihn, wen er besuchen wollte

»Wissen Sie noch, wie der Freund hieß?«

»Sicher«, sagt der Mann, »er wollte zu Philou. Das war kurz nachdem alles abgefackelt ist.«

Charles schaut mich an.

»Danke«, sagt Charles, »Sie haben uns sehr geholfen. Komm, Gustav.« Sie deutet mit ihrem Kopf zur Tür.

»Gerne«, sagt der Mann, »wenn ihr ihn findet, dann sagt ihm, dass er sich ruhig mal wieder blicken lassen kann, dass ich noch nicht unter der Erde bin und er ein verdammter Halunke ist, der seine Freunde nicht vergessen soll.«

Vor der Tür finde ich ein ganz kleines lila-metallisches Papier, wahrscheinlich eine Bonbonverpackung.

»Wir haben ihn gar nicht nach seinem Namen gefragt«, sagt Charles, »wie unhöflich von uns. Hast du Lust auf eine Falafel?«

Ich starre die Kronkorken auf dem Boden an. Es sind sieben.

»Ich schon. Ich hab einen Mordshunger.« Also stoppen wir am Falafel-Stand und Charles bestellt sich eine Falafel, und ich stehe daneben und gucke ihr zu, wie sie isst, es dauert nicht lange. Charles isst schneller als jeder Mensch, den ich kenne.

»Also, das war doch schon mal was, geht doch alles voran, ich sag's ja: Das wird schon. Man braucht nur eine Meisterdetektivin als Freundin.« Sie zieht ein dunkelblaues Notizbuch aus ihrer Tasche, so eines mit Gummiband drum herum, eins von den guten. »Hab ich von Papa geklaut, er nutzt die immer für seine Notizen, aber gerade hat er eine Krise, da macht er keine Notizen. Er braucht's also zurzeit nicht.« Oben, in die linke Ecke des Notizbuches, hat jemand in krakliger Schrift *Fahndung GP* geschrieben.

»Man muss die Sachen aufschreiben, das hilft. Alle Informationen, dann hat man sie vor Augen, weißte, und vergisst nichts, nicht mal die kleinsten Details.« Sie blättert ein paar Seiten um, dann fängt sie an zu schreiben. Ich verstehe, dass sie meint, aufschreiben hilft. Dann hat man den Überblick und es rutscht einem nichts durch. Nur wird uns das hier nicht weiterbringen. Dieser Mann namens Emilio, der wohl mein Papa ist, hat sich vor Jahren in Richtung Slowakei verabschiedet. Ein Land, von dem ich nur so ungefähr weiß, wo es liegt, im Osten nämlich, und das ist erstens zu weit weg, um dorthin zu fahren, und zweitens ist er wahrscheinlich längst wo ganz anders.

»Die Frage ist nur, wie wir in die Slowakei kommen. Ich kann auf jeden Fall kein Auto fahren. Du?« Vielleicht ist

Charles doch verrückt. So wie Frau Nowak, und gleich fängt Charles auch an, davon zu erzählen, dass sie die Botschafterin des Messias ist und die Wahrheit kennt und wir ihr alle zuhören müssen und tun, was sie sagt, weil uns sonst allen die Verdammnis droht.

Ich schüttle den Kopf.

»Hab ich mir schon gedacht. Aber egal. Wir kriegen das hin.« Ich stehe nur so da.

»Was ist los, Gustavson? Gibt es ein Problem?« Kurz überlege ich, ob die Tatsache, dass Charles mir Spitznamen gibt, mich aufheitert.

Ich bin müde. Möchte gerne nach Hause.

»Na gut.« Charles runzelt die Stirn, dann steckt sie das Notizbuch wieder in die Tasche. »Soll ich dich bringen oder findest du allein nach Hause?«

Ich schüttle den Kopf, dann nicke ich, so mache ich das, seit ich nicht mehr spreche, bei solchen Entscheidungsfragen, weil, wenn ich nur nicke, dann wissen die Leute immer nicht, ob ich den ersten oder zweiten Vorschlag meine, und oft ist das auch mit meiner Taktik so, aber die schlauen Menschen, die verstehen das.

»Okay. Dann mach's gut. Bis bald.« Ich winke zum Abschied, dann trotte ich los, den Blick auf den Boden gerichtet.

»Gustav!«, Charles schreit, ich bin bestimmt schon vierhundert Meter weg von ihr, aber sie schreit laut genug, ich könnte vierhundert Kilometer weit weg sein, schätze ich. »Man muss nur fest genug daran glauben, verstehst du? So fest, wie man kann. Man muss das Universum wissen lassen, dass man bereit ist.« Ich drehe mich um und nicke, und weil ich mir nicht sicher bin, ob sie das sehen kann, hebe ich noch einmal die Hand.

»Das Universum antwortet immer, Gustav. Es antwortet immer.«

SIEBEN

Ich sortiere die Sachen, die ich mit Charles gefunden habe, in mein System. Ich schreibe Fundort und Datum auf einen kleinen, länglichen Zettel, so ungefähr in der Größe eines Schnipsels, auf dem die Sprüche beim Glückskeks stehen. Dann stecke ich die Sache zusammen mit dem Zettel in ein kleines Plastiktütchen mit so einem Verschluss zum Zusammendrücken. Als Nächstes lege ich das Päckchen in die passende Kiste und trage das Fundstück außerdem in meine Fundstückliste ein. Agatha steht auf meinem Schreibtisch, in einer Tüte mit frischem Wasser. Es ist zwei Tage her, dass ich mit Charles unterwegs war, seitdem habe ich nichts mehr von ihr gehört. Auch das Universum hat mich bisher nicht kontaktiert. Lily und der Mann sind gestern in den Urlaub gefahren.

»Hau rein, Gustav«, hat der Mann gesagt und mir auf die Schulter geklopft.

»Pass auf dich auf«, hat Lily gesagt und stand noch ein bisschen vor mir rum, als wüsste sie nicht so recht, wohin mit sich. Ich habe den Kopf nach links geneigt und es sollte heißen: Pass du mal lieber auf dich selber auf, mach's gut, bis bald, krass, dass du wirklich fährst. Ich glaube, das hat sie nicht verstanden. Sie hat sich umgedreht und ist hinter dem Mann zur Tür aus.

Guck, sage ich zu Agatha und halte das Stück Papier hoch, *wahrscheinlich ein Stück Bonbonpapier, möglicherweise eines mit Pfefferfüllung.*

Aha, sagt Agatha.

Charles ist cool, sage ich, *aber ich glaube nicht, dass wir meinen Vater jemals finden werden.*

Hm, macht Agatha.

Du bist wirklich nicht sehr gesprächig.

Man darf die Hoffnung nicht aufgeben, sagt Agatha und klingt wie Frau Nowak. Vielleicht sollte man von seiner Wasserpflanze nicht so viel erwarten.

Ich leg mich ein bisschen hin, sage ich.

Aha, sagt Agatha.

»Gustav. Ich bin wieder da.« Nadiah steckt den Kopf durch die Tür. »Das war vielleicht ein Tag. Dieser verfluchte Job bringt mich eines Tages noch unter die Erde. Vor allem mein Chef. Was denkt der sich eigentlich? Wahrscheinlich gar nichts. Deine Mum kann froh sein, dass sie im Urlaub ist. Was machst du da eigentlich?« Ich liege auf dem Bauch, den Kopf auf meinem Handrücken abgelegt, und gucke die Wand an. Ich habe mal ein Buch gelesen, in dem ein Junge mit extrem langen Armen, so lang, dass sie beim Gehen hinter ihm herschleifen, wenn er sie nicht in so Schlaufen hängt, auch immer auf dem Boden liegt. Er liegt aber auf dem Rücken, und weil er so lange Arme hat, kann er damit die Raufasertapetenhubbel an der Decke berühren. Ich hebe den Kopf, gucke Nadia an, dann lege ich den Kopf wieder ab.

»Du liegst«, sagt Nadiah, »aber warum liegst du hier so rum? Es sind doch Ferien. Das Wetter ist gut. Willst du nicht lieber rausgehen?« Ich schüttle den Kopf, dabei drücken meine Fingerknöchel unangenehm gegen meine Stirn.

»In Ordnung. Es ist sowieso schon recht spät. Ich dusch jetzt und leg mich kurz aufs Sofa und dann können wir essen. Später muss ich noch mal raus, ich habe diese Woche die Büros erwischt.« Das kenne ich von Lily. Wenn man die Büros erwischt, muss man immer abends zur Arbeit, wenn man die Kinos hat, frühmorgens, so gegen fünf, Schulen sind eher nachmittags dran.

Es klingelt an der Tür. Es klingelt noch mal. Ich stehe auf und gehe aus meinem Zimmer. Ich nehme den Hörer der Gegensprechanlage ab und lausche.

»Hi«, sagt eine Stimme, die sehr nach Charles klingt, »ist schwierig mit Nichtsprechen und Sprechanlagen, was? Mach mir mal auf!« Ich drücke auf den Knopf und öffne die Wohnungstür. Charles nimmt die Treppen in Rekordzeit und ist nur ein bisschen aus der Puste, als sie oben ankommt.

»Überraschung. Ich wollte mal sehen, wie du so lebst, und dachte, wir können ein bisschen zusammen rumhängen. Mir war außerdem langweilig zu Hause. Papa hat immer noch eine Krise. Mit der Ausstellung geht es nicht so voran, wie er will. Mama macht seit Tagen nichts anderes als Chakren-Meditation, um ihre Schwingungen wieder in Ordnung zu bringen, oder so was. Kann ich reinkommen?« Ich nicke, Charles kommt rein, tritt sich die Sneakers von den Füßen und schmeißt ihren Rucksack auf den Boden. Sie trägt eine Kapitänsmütze und ein knallrotes T-Shirt, wie anscheinend immer ist es so lang, dass sie keine Hose braucht, ich glaube, sie hat überhaupt keine T-Shirts, die ihr richtig passen, und wahrscheinlich auch keine Hosen.

»Hier wohnst du also. Ganz schön viele Treppen. Das hält fit. Ich könnte gut ein Glas Wasser gebrauchen. Gibst du mir eins?« Ich winke ihr, damit sie mitgeht in die Küche. Ich reiche ihr ein Glas Wasser.

Woher weißt du, wo ich wohne?

»Hast du mir doch erzählt«, sagt Charles. Ich nicke, obwohl ich mich überhaupt nicht daran erinnern kann.

»Und wo ist dein Zimmer?«

Ich zeige es ihr, und das ist seltsam, weil es das erste Mal seit sehr langer Zeit ist, dass jemand, der nicht erwachsen ist, in meinem Zimmer steht. Charles steht da einfach in der Mitte und dreht sich langsam im Kreis und guckt sich alles genau an. Die Bücher in den Regalen und die Poster vom Kanalnetz in Deutschland und die Schiffe in den Flaschen und alles eben.

»Du sammelst gerne«, sagt sie.

Du beobachtest gern, schreibe ich. Sie nickt und grinst.

»Deswegen bin ich ja auch so eine gute Detektivin.« Ich verziehe das Gesicht, obwohl ich es gar nicht will, weil ich gerade einfach nur froh bin, dass Charles hier ist. Mein Bauch kribbelt davon ganz angenehm.

»Keine Sorge. Ich fang nicht wieder davon an. Ich weiß schon, du glaubst nicht dran. Kein Problem. Deswegen bin ich gar nicht hier. Ist deine Mama eigentlich da?«

Ich schüttle den Kopf. *Ist im Urlaub. Ihre Freundin passt auf mich auf.* Charles grinst jetzt noch mehr, und ihre Augen funkeln so, als hätte sie einen sehr guten Plan. Sie geht an mir vorbei ins Wohnzimmer. Ich folge Charles, die schon auf dem Sofa neben Nadiah sitzt.

»Ihr Turban sieht mega aus«, sagt Charles zu Nadiah.

Sie reicht ihr die Hand. Nadiah guckt verdutzt, sie sieht erst Charles an, dann mich, dabei zieht sie eine Augenbraue hoch. Dann endlich schüttelt sie die Hand von Charles.

»Woher kennt ihr euch, aus der Schule?«

»Ja«, sagt Charles, »ich gehe in die Parallelklasse. Und vor ein paar Wochen, da stand ich zufällig neben Gustav, ich muss sagen, sonst war er mir nie aufgefallen, er ist ja nicht gerade der Lauteste.« Sie lacht und Nadiah lacht auch. »Aber an dem Tag schon. Ich habe mich nämlich darüber beschwert, dass ich mein Pausenbrot vergessen hatte, und da hat Gustav mir einfach die Hälfte von seinem Müsliriegel abgebrochen und rübergereicht.«

»Nett von dir«, sagt Nadiah zu mir, und ich denke, ja, und gelogen ist es auch. »Wusste gar nicht, dass du eine Freundin hast, Gustav.«

Ich verziehe das Gesicht. Nadiah lacht.

»Willst du nachher mit uns essen?«

»Ja, gerne«, sagt Charles, und ich glaube, so wie ich fühlen sich Leute, wenn sie sagen, sie seien im falschen Film.

»Und was machen deine Eltern so?«

»Meine Mama ist Yogalehrerin und Heilpraktikerin. Die gibt Kurse bei uns zu Hause und manchmal auch in so einem Zentrum für alternative Medizin. Machen Sie Yoga? Vielleicht haben Sie ja Lust, mal mitzumachen, das ist bestimmt kein Problem. Und mein Papa ist Künstler.«

»Ja, das stimmt. Yoga, ja, warum nicht, das wäre doch mal was.« So geht das eine ganze Weile, ich höre irgendwann nicht mehr so genau hin. Die beiden reden noch ein bisschen über Charles' Eltern, dann darüber, was meine

Mutter macht, und dann über die Schule und was Charles so für Aufgaben über die Ferien aufhat und welche Fächer sie gar nicht mag und lauter solche Sachen. Irgendwann steht Nadiah dann auf, um den Tisch zu decken, und Charles hilft ihr dabei und ist immer noch kein einziges Mal frech gewesen, stattdessen lächelt sie die ganze Zeit und manchmal macht sie Scherze und dann lacht Nadiah.

Es gibt eine Gemüsepfanne, die Nadiah zu Hause vorbereitet hat. Nadiah kocht tausend Mal besser als meine Mutter. Vor allem kocht sie überhaupt.

»Also«, sagt Charles und guckt dabei Nadiah an, »ich habe da mal eine Frage. Ich weiß, dass klingt ein bisschen komisch, weil wir uns ja kaum kennen, also eigentlich gar nicht. Also, du kennst meine Eltern ja noch gar nicht und mich auch erst seit heute und deswegen wollte Gustav auch gar nicht erst fragen, aber ich mach es jetzt trotzdem, weil ich es so toll fände, wenn er mitkommt.« Ich gucke sie an, ich habe keine Ahnung, was sie da von sich gibt. Ich hatte wohl recht und sie ist wirklich verrückt. Wäre ja auch seltsam gewesen, wenn sich jemand mit klarem Verstand mit mir angefreundet hätte.

»Es ist nämlich so, dass meine Eltern und mein kleiner Bruder und ich im Sommer immer in die Uckermark fahren. Wir zelten da an einem See. Wir fahren jedes Jahr eine Woche lang, manchmal noch eine zweite, wenn das Wetter und die Stimmung gut sind. Es ist richtig toll da, weil man baden kann und Fahrrad fahren und abends Lagerfeuer machen. Und es wäre noch viel toller, wenn Gustav mitkommen könnte. Meine Eltern würden ihn einladen. Sie sind froh, wenn jemand von meinen Freunden mitkommt, weil ich sie dann nicht nerve.« Charles' Eltern fahren zelten? In die Uckermark? Jeden Sommer? Und diesen Sommer auch, obwohl Charles' Vater eine Ausstellung hat?

Da ist doch was faul, denke ich zu Agatha, obwohl die gar nicht hier ist, sondern in meinem Zimmer steht.

»Na, das ist doch was. Mal rauskommen, Gustav, das ist doch gut. Ich weiß zwar nicht, ob deine Mutter einverstanden wäre, aber ich rufe sie nachher an. Kann mir nicht vorstellen, dass sie Nein sagt.«

»Du hast doch noch Lust, oder, Gustav?« Charles tritt mich unter dem Tisch. Ich nicke, zum ungefähr hundertsten Mal heute, aber jetzt lächle ich noch dazu, weil es mir so scheint, als müsste ich jetzt lächeln, weil es so aussieht, als würde ich in den Urlaub fahren.

»Toll«, sagt Charles, »morgen geht es los. Wir fahren um 10 Uhr ab, bei mir zu Hause. Ich habe hier einen Zettel mit meiner Adresse. Falls du sie vergessen hast. Das hier ist die Nummer meiner Mama. Wenn ihr Fragen habt, könnt ihr sie immer anrufen.« Charles gibt mir den Zettel mit der Adresse und Nadiah den mit der Handynummer.

»Jetzt muss ich aber mal langsam nach Hause, sonst machen sich meine Eltern Sorgen. Vielen Dank für das Abendbrot. Ich komme bestimmt bald mal wieder. Bis morgen Gustav. Gute Nacht.«

»Komm gut nach Hause und sag deinen Eltern Danke.«

»Nichts zu danken«, sagt Charles, dann ist sie draußen und ich bin verwirrt.

ACHT

›Sonst machen sich meine Eltern Sorgen.‹ Was ist das für ein Quatsch? Aber warum das alles? Will sie so gerne mit mir in den Urlaub?, frage ich abends Agatha, die neben meinem Bett auf dem Boden steht.

Keine Ahnung, sagt Agatha, *kann ich mit in den Urlaub?*

Klar, sage ich, *ich suche morgen einen Eimer, in dem ich dich transportieren kann.*

Okay, sagt Agatha.

Ich darf fahren. Nadiah hat mit Lily gesprochen und die hat ihr Okay gegeben. Sie hat sich irgendwie gefreut. Ich war auch kurz am Hörer, und da hat sie gesagt, dass es schön ist, dass ich Freunde habe und ja jetzt wieder reden kann. Ich habe mit dem Kopf geschüttelt, aber das konnte sie nicht sehen.

»Ach, Gustav«, hat sie gesagt und laut und lange ausgeatmet, »hab viel Spaß im Urlaub. Das wird bestimmt toll.«

Das ist das erste Mal, dass ich in den Urlaub fahre, sagt Agatha und das ist ein wahnsinnig langer Satz für sie.

Irgendwas ist seltsam, sage ich.

Ruf doch mal bei der Nummer an, die Charles dagelassen hat, sagt Agatha und das ist schon wieder ganz schön schlau. Also stehe ich auf und schleiche mich ins Wohnzimmer. Nadiah liegt auf dem Sofa und schläft. Der Fernseher flackert und wirft wilde Lichter in ihr Gesicht. Ich greife vorsichtig nach dem Zettel mit der Nummer, der auf dem Sofatisch liegt. Dann gehe ich wieder zurück in mein Zimmer und wähle die Nummer. Sofort die Ansage: »Der gewünschte Gesprächspartner ist unter dieser Nummer nicht erreichbar.« Ich lege auf.

Ich wusste es, denke ich. *Etwas stimmt nicht. Etwas stimmt ganz und gar nicht.*

Charles kann ganz schön gut lügen, sagt Agatha.

Aber hallo, sage ich. *Wir müssen jetzt schlafen. Morgen wird ein spannender Tag, glaube ich.*

Okay, sagt Agatha.

Gute Nacht, denke ich.

Ja, sagt Agatha.

Meine Packliste:

- Meine Zahnbürste (Weil ich noch nie zelten war, weiß ich überhaupt nicht, was man so braucht. Aber eine Zahnbürste braucht man eigentlich immer.)
- All meine Ersparnisse (»Steck alles an Moneten und Peseten ein, was du finden kannst. Die Welt da draußen ist

taff, und sie will, dass du in bar bezahlst«, hat Charles mir noch geschrieben.)

- Agatha (Unten bei den Müllcontainern, in dem Haufen Müll, den die Leute immer daneben abladen, habe ich einen Eimer gefunden, in dem mal Kartoffelsalat war. Richtig viel davon, denn der Eimer ist groß. Vom Spielplatz habe ich Sand geholt und den Eimer mit Wasser aufgefüllt. Jetzt hat Agatha ein ganz passables Reisezuhause.)
- Einen Hosentaschensammlungsunterwegskoffer (Das ist eine Erfindung von mir, für den Fall, dass ich unterwegs mehr sammle, als in meine Hosentaschen passt. Ich habe dafür einen alten Spielkoffer von mir genommen, der ist ein bisschen größer als ein Buch, und die Zettelchen und die Plastiktüten und einen Stift reingetan.)
- Eine Nachttischlampe (gegen die Dunkelheit)
- Schere und Schnüre (Man weiß ja nie.)
- Ein 2000-Teile-Puzzle mit Hundemotiv (falls es langweilig wird)
- Papier für Papierboote
- Eine Capri-Sun Orange (gegen den Durst)
- Eine Brotdose mit Proviant (geschmierte Brote)
- Eine Badehose
- Ich würde gerne meinen Nachtschrank mitnehmen,

damit ich etwas habe, wo ich meine Sachen verstauen kann, aber der ist zu groß für meinen Koffer, und tragen kann ich ihn auch nicht, weil ich schon die Nachtischlampe tragen muss.

- Ein neues Notizheft, das ab jetzt mein Logbuch fürs Reisen sein wird

NEUN

Ich sehe den roten VW-Bus von Charles' Eltern schon von Weitem. Dann sehe ich Opa. Er sitzt am Steuer.

Ich wusste es, denke ich zu Agatha, die ich in ihrem Eimer herumtrage. *Da stimmt was nicht.*

Hm, sagt Agatha, die in ihrem Eimer nichts sehen kann. Opa sitzt ganz gerade, hat einen Zylinder auf dem Kopf und dreht das Lenkrad hin und her.

»Hallo, Gustav«, ruft er, als er mich sieht. »Ganz schön schwer mit dem ganzen Gepäck, was?« Er fragt mich das, als wäre es die normalste Sache der Welt. Als würden wir uns überhaupt nur an Abfahrorten und zu Abfahrtszeiten treffen.

»Gustav!« Charles kommt aus dem Haus, vor dem der Bus steht, einen riesigen Seesack auf dem Rücken und eine große Kaugummiblase vor dem Gesicht.

»Planänderung. Steig ein. Was ist das in dem Eimer?« Charles kann tatsächlich gleichzeitig reden und Kaugummiblasen machen. Ich stelle den Koffer und den Eimer ab, um eine Antwort zu tippen, aber Charles ist schneller. »Hammer, Gustav, echt Hammer.« Sie stupst mit dem Finger vorsichtig Agatha an. »Und richtig gut mit der Lampe. So was kann man unterwegs echt immer richtig gut gebrauchen.«

Ich hebe meinen Koffer ins Auto und setze mich auf die Rückbank. Dahinter liegt eine Matratze. »Da drunter ist unser Vorratslager«, sagt Charles, als sie meinen Blick sieht. Agatha habe ich neben mich auf den Sitz gestellt. Charles sitzt vorne neben Opa.

»Alle da?«, fragt Opa.

»Ja, Kapitän«, sagt Charles.

»Der Kapitän bist doch du«, sagt Opa und Charles nickt und grinst sehr zufrieden.

»Also eigentlich sollten meine Eltern ja fahren, aber die können jetzt doch nicht, weil, na ja, Mamas Schwingungen sind noch nicht im Reinen und so, und Papa hat immer noch Krise, und deswegen dachte ich, ich frage einfach mal deinen Opa.«

Was stimmt hier nicht?, frage ich Agatha.

Ich bin im Eimer, sagt Agatha.

Ja, sage ich, *das ist aber kein Eimer mehr, sondern ein Reiseaquarium. Aber was stimmt hier nicht? Charles lügt doch.*

Die Schilder, sagt Agatha.

Was meinst du? Manchmal könntest du ruhig etwas mehr reden.

Die Straßenschilder.

Ich gucke mir die Straßenschilder an und sie hat recht. Wir fahren falsch. Wir fahren Richtung Spreewald, also quasi schräg nach unten statt nach oben, wie wir eigentlich fahren müssten, um in die Uckermark zu kommen.

Wir fahren falsch. Ich reiche Charles das Handy nach vorn. Die liest, reicht es mir wieder nach hinten, guckt aus dem Fenster, verzieht den Mund, dreht sich um und grinst.

»Kommt drauf an. Eigentlich fahren wir genau richtig. Sagen wir so: Das mit der Uckermark war nur ein kleiner Kniff. Damit du mitkommst.«

Schade, sagt Agatha, *ich war noch nie in der Uckermark.*

»Ich wollte dich nicht anlügen und Nadiah auch nicht, aber es ging nicht anders. Du hast nicht dran geglaubt und deswegen hättest du nie gefragt und wärst nie in dieses Auto gestiegen. Deswegen musste ich schummeln. So ist das manchmal.«

Ich starre Charles an, ich starre ihr genau in die dunklen Augen.

»Wir fahren in die Slowakei. Wir finden deinen Paps. Vielleicht ist er noch da. Oder wer, der sich an ihn erinnert.«

Warum?

»Warum was? Warum ich dich quasi entführt habe und deinen Opa überredet, all das zu machen, obwohl ich dich gar nicht besonders gut kenne?«

Ich nicke.

»Erstens, weil deine Vibes mir verraten, dass du deinen Papa finden willst. Zweitens, weil ich es nicht noch einen Tag länger mit meinen Eltern aushalte, echt nicht. Drittens, weil ich immer schon eine Detektivin sein wollte. Es gibt nämlich zu wenig Mädchen in diesem Beruf. Viertens, weil ich glaube, dass es wichtig ist, etwas zu unternehmen. Wenn einem etwas auf der Seele lastet, sollte man es sagen. Wenn einem etwas wichtig ist, sollte man dafür einstehen. Wenn man etwas nicht will, sollte man laut und deutlich ›Nein‹ sagen. Und wenn man brennende Fragen hat, sollte man sie stellen, und wenn man keine Antwort bekommt, muss man danach suchen.«

»Deine Freundin hat recht. Sie ist ganz schön mutig. Du hast Glück, Gustav«, sagt Opa. Von dem ich jetzt glaube, ihn überhaupt nicht mehr zu kennen. Habe ich Glück oder ist das hier die dümmste Idee auf der Welt?

»Atme, Gustav«, sagt Charles, »hier, von meiner Mama.« Sie reicht mir eine Kette, an der ein runder Holzhänger baumelt. Sieht aus wie ein Stück Ast. »Das ist Zedernholz. Mama sagt, du sollst Vertrauen haben, und wenn du nicht kannst, dann machst du das hier um und das hilft. Außerdem fängt es die schlechten kosmischen Energien ab.« Ich mache mir also die Kette um und atme und warte, dass die kosmischen Energien abgefangen werden, und atme, und ich gucke mir Opa an, der ganz anders aussieht als gestern im Altersheim. Wie ein neuer Mensch. Obwohl er immer noch die gleichen verstrubbelten weißen Haare auf dem Kopf hat und die gleiche große Nase und die gleichen großen Ohren und die gleichen vielen Falten. Nur ist er jetzt ganz anders, und erst denke ich, es liegt daran, dass ich ihn nie habe Auto fahren sehen. Aber es ist noch was, es ist, als wäre die Luft um ihn herum anders, als würde sie bitzeln und knistern. Vielleicht ist das immer so, wenn man sich in Abenteuer stürzt, vielleicht verändern Abenteuer etwas in der Luft um die Menschen herum. Ich mache die Augen zu und konzentriere mich, ganz fest, und warte, dass es auch um mich herum zu bitzeln anfängt.

ZEHN

Ich werde davon wach, dass Charles laut und schief singt. »A hundred miles, a hundred miles, a hundred miles away from home.« Sie lacht, Opa lacht auch, ich bewege meinen Kopf von links nach rechts, weil mein Nacken sich irgendwie komisch anfühlt.

»Na du, herzlich willkommen in Polen.« Charles guckt mich im Rückspiegel an. Sie grinst. Polen. Über Polen weiß ich, dass es direkt neben Deutschland liegt und dass Janosch hierherkommt. Meine Lieblingsbücher waren *Oh, wie schön ist Panama* und *Circus Hase*. Jedenfalls, das ist alles, was ich weiß, vielleicht noch, dass man hier polnisch spricht, aber das weiß wahrscheinlich jeder.

»Charles hat einen ausgezeichneten Musikgeschmack, ich muss schon sagen.«

Charles hat die Beine angezogen und die Füße gegen das Handschuhfach gestemmt, sie wippen im Takt, ihre Haare sind zu einem Haufen aufgetürmt, der von einem blauen Tuch gehalten wird, sie boxt Opa gegen die Schulter. Es sieht aus, als wären die beiden schon ewig Freunde.

»Sag mal«, sagt Charles und dreht sich zu mir um, »was ich überlegt habe: Eigentlich kannst du doch jetzt reden. Ich meine, deine Mum ist doch nicht da. Ich verrate es auch nicht. Ich schwöre.«

»Ich würde auch kein Wort darüber verlieren«, sagt Opa. Ich schüttle den Kopf.

»Warum denn?«, fragt Charles.

Prinzip, tippe ich auf mein Handy und reiche es ihr nach vorne.

Noch hat sich ja nichts verändert, denke ich, es ist noch lange nichts gut.

»Wer sich zu sehr an Prinzipien festhält, versteinert im Inneren, sagt meine Mum immer«, sagt Charles.

»Na komm, lass ihn«, sagt Opa. »Einen großen Unterschied macht es ohnehin nicht. Gustav war noch nie der gesprächigste Typ.«

»Na gut«, sagt Charles, »für jetzt. Aber glaub ja nicht, dass ich dich für immer damit in Ruhe lasse.« Sie schaut mir in die Augen und richtet den Zeigefinger auf mich. »Das mache ich nie.« Das glaube ich ihr sofort.

»Kinder, wir müssen jetzt mal anhalten«, sagt Opa, »wir müssen tanken und eine Pause machen, ich bin Autofahren überhaupt nicht mehr gewöhnt. Außerdem brauche ich frische Luft und einen Kaffee.«

Wir biegen ab, Opa hält den Wagen an und steigt aus,

um zu tanken. Das ist alles verrückt, und ich werde das Gefühl nicht los, zu träumen, weil ich Opa noch nie habe ein Auto parken und noch nie habe aussteigen sehen, und alles, alles, alles ist neu.

»Musst du auch?«, fragt Charles. Ich nicke, schnalle mich ab und dann hüpfe ich aus dem Auto und berühre das erste Mal polnischen Boden und der fühlt sich eigentlich nicht anders an als deutscher Boden und es passiert auch nichts weiter mit mir. Was ich irgendwie erwartet hätte, weil es ja das erste Mal ist, dass ich so weit weg von zu Hause bin.

»Ich tanke jetzt und dann parke ich das Auto auf einem der Parkplätze und vertrete mir ein bisschen die Beine«, sagt Opa.

»Jawohl«, sagt Charles und dann hüpft sie auf einem Bein vor mir her zur Toilette. Es gibt sechs Kabinen auf der Toilette und zwei Waschbecken, ich zähle außerdem drei Werbeplakate, die ich alle nicht lesen kann, es gibt vier Reserverollen Klopapier auf der Toilette, auf der ich bin, und einen Papiertuchspender zum Händeabtrocknen. Vor der Tür wartet Charles.

»Guck mal.« Sie deutet auf einen dieser Automaten, aus denen man mit einer Kralle und viel Glück ein Kuscheltier fischen kann, ganz obendrauf liegt ein Oktopus, er ist grau mit orangen Punkten und ziemlich groß. Ich bin mir sicher, dass kein Oktopus der Welt so aussieht.

»Cool, oder? Den hätte ich gerne. Der sieht so falsch aus da drinnen. Der ist bestimmt ganz unglücklich. Weil die anderen Tiere ihn nicht leiden können. Meinst du, ich bekomme ihn?« Ich schüttle den Kopf, die Wahrscheinlichkeit, wirklich ein Kuscheltier rauszuziehen, ist nämlich sehr gering.

»Dann beweise ich dir jetzt das Gegenteil. Du weißt ja, was ich dir über das Universum gesagt habe, oder?« Sie geht hin, wirft ein Zweieurostück ein und fängt an, die Kralle zu bewegen. Ganz vorsichtig schiebt sie den Joystick hin und her, dann lässt sie ihn runter, die Kralle greift, hat ein Stück des Tiers erwischt und rutscht wieder ab.

»Verdammt. Okay, noch mal.« Sie versucht es noch mal, wieder rutscht die Kralle im letzten Moment ab, Charles wirft noch mal Geld rein und wieder klappt es nicht.

»Scheiße! Komm schon, das muss doch gehen.«

»Na, na, na, eine echte Spielerseele hat sie also auch.« Opa steht plötzlich neben uns, er drückt sein Gesicht gegen die Glasscheibe.

»Der Oktopus soll's sein?«

»Ja«, sagt Charles, »und anscheinend habe ich keine Spielerseele, ich kriege den nicht zu fassen.«

»Überlass das mal mir«, sagt Opa. Charles wirft noch mal Geld rein und dieses Mal lenkt Opa die Kralle, er richtet sie auf den Kopf des Oktopusses, die Kralle greift zu, sie zieht und sie hat ihn, neben mir macht Charles ein Geräusch, das irgendwo zwischen Lachen und Quietschen liegt. Wir verlassen die Tankstelle also zu viert. Opa, Charles, ich und der große Oktopus unter Charles' Arm.

»Ich nenne sie Vida. Königin der Meere. Nur, damit ihr Bescheid wisst.« Wir steigen ein, ich schnalle mich an, Charles auch.

»Alle da?«, fragt Opa. Ich nicke. Charles nickt auch.

»Alle da«, sagt sie, den Oktopus auf dem Schoß.

Opa gibt Gas.

ELF

Wir fahren an Städten vorbei, an Bergen und Dörfern. Aus den Dörfern werden einzelne Häuser. Dann nur noch Wiesen und Wälder und dunkelblaue Flüsse. Wir fahren weiter, bis die Straßen holprig werden. Charles sitzt neben mir und kaut Kaugummi. Sie testet, wie viele Hubba Bubbas sie auf einmal in ihren Mund stecken kann. Bisher fünf. Der Oktopus sitzt vorne neben Opa.

»Schokoriegel?«, fragt Charles. Sie hat eine ganze Kiste Proviant vor sich im Fußraum stehen, aus der sie ständig etwas Neues zu essen zieht. Ich schüttele den Kopf.

»Da!«, ruft Opa plötzlich. Er zeigt in Richtung eines schimmernden Sees. Zwischen Bäumen und ein paar Hügeln stehen einige Hütten aus Holz. Ganz bunt alle. Daneben stehen ein paar Wohnwagen. Kinder spielen Fußball, und das erinnert mich kurz an zu Hause, das mir vorkommt, als läge es auf einem anderen Planeten.

»Fußball ist echt eine Plage«, sagt Charles, »Basketball ist viel cooler.« Ich nehme mir vor, das irgendwann mal zu überprüfen. Opa parkt den Bus und wir steigen aus. Wir müssen sehr seltsam aussehen. Opa in seiner himbeerfarbenen Satinhose, von der ich glaube, dass sie eigentlich eine Schlafanzughose ist. Dazu ein weißes Unterhemd und sein Zylinder. Charles in ihrem T-Shirt, mit der Kapitänsmütze auf dem Kopf und dem Oktopus im Arm. Neu ist die Kette an ihrem Knöchel, die hat sie während der Fahrt selbst gemacht (ziemlich fisselige Angelegenheit, weil ihr immer wieder fast die Perlen runtergefallen sind und sie bei jedem Schlagloch in der Straße die Perlen mit dem Faden verfehlt hat. Aber am Ende ist sie trotzdem schön geworden). Ich trage eine kurze blaue Jogginghose und ein weißes T-Shirt, das aber schon ein paar Flecken hat. Orangensaft zum Beispiel. Außerdem habe ich einen Strohhut auf, den hat Charles mir eingepackt. »Damit du keinen Sonnenstich kriegst und noch verrückter wirst«, hat sie gesagt, ohne es auch nur das kleinste bisschen böse zu meinen.

Die Kinder gucken wirklich sehr verwundert, als wir näher kommen. Der Fußball liegt nur noch da und niemand interessiert sich mehr für ihn. Ein Mädchen kommt auf uns zugelaufen.

»Ahoj«, sagt Charles.

»Du kannst Slowakisch?«, fragt Opa.

»Ich hab mich informiert, ist doch klar«, sagt Charles.

»Ahoj«, sagt das Mädchen. Charles holt ihr Smartphone raus. Sie tippt *Wir heißen Joseph, Charles und Gustav* ein und drückt auf den Lautsprecher. »Nazvali sme sa Charlesa a Gustava a Jozefa«, sagt die Computerstimme. Das Mädchen lacht. Sie zeigt auf sich und sagt: »Camilla«, und Charles grinst und sagt: »Cool.« *Wir suchen einen Mann namens Philou,* tippt Charles und Camilla guckt sie an und dann läuft sie los.

»Hm«, sagt Charles, »ist das jetzt ein gutes oder ein schlechtes Zeichen?«

»Ich glaube, ich werde mir die Haare schneiden lassen«, sagt Opa. Charles und ich drehen gleichzeitig unsere Köpfe zu ihm, er nickt, aber eher zu sich selbst, und dann geht er los. Jetzt sehe ich es auch: Vor einem der Häuser sitzt ein alter Mann in einem roten Plüschsessel und lässt sich von einer noch älteren Frau die Haare schneiden. Ich mache ein paar schnelle Schritte und halte Opa am Arm fest. Der guckt erst verdutzt und dann für Opas Verhältnisse relativ verärgert.

»Aber meine Haare, die brauchen mal wieder einen Schnitt.«

»Jetzt nicht, Joseph, wir haben doch unsere Mission«, sagt Charles, »außerdem sieht man deine Haare gar nicht, wegen des Zylinders. Ich würd's dir auch sagen, wenn du doof aussehen würdest.«

»Hm, na gut«, sagt Opa und tippt sich gegen den Zylinder.

»Später«, sagt Charles.

»Okay, später«, sagt Opa und sein Blick entspannt sich wieder. »Na, dann finden wir mal Philou.« Er sagt Philou so, als hätte er irgendwie Angst. In der Ferne tutet ein Zug. Komisch, dass hier im Nirgendwo Züge fahren. Ich habe bisher vier Kinder mit Locken gesehen, ich zähle drei blaue Häuser und zwei Hunde, die ganz schön wild aussehen, aber eigentlich ganz friedlich zwischen den Menschen umherlaufen, die Nase auf dem Boden. Vielleicht suchen sie etwas, genau wie wir, nur dass sie es besser haben mit ihren Nasen und 250 Millionen Geruchszellen. Wir gehen einfach drauflos, in die Richtung, in die Camilla gelaufen ist. Ich trete gegen eine alte Dose, sie fliegt ziemlich weit. »Bravo, bravo«, ruft Camilla, die auf einmal, wie aus dem Nichts, neben mir steht. Sie zeigt auf sich und tritt dann auch gegen eine Dose, die fliegt noch weiter als meine, sie hat echt einen ordentlichen Wumms. Ich klatsche, Camilla grinst noch breiter, sie legt die Hände ineinander, nimmt sie über den Kopf und schüttelt sie einmal auf der rechten und einmal auf der linken Seite, das ist wohl ihr Torjubel. Und gerade, als ich ansetze, um gegen eine neue Dose zu treten, damit aus der Sache hier noch ein richtiges Fußballspiel wird (Fußball ist nämlich ganz und gar keine Plage), sagt Camilla »Philou«, schnappt sich meine Hand und zieht mich hinter sich her. Auf einmal ist mein Herzklopfen lauter als alles andere, es wummert in mir drin, bis in die Fuß- und die Fingerspitzen, es hallt in meinen Ohren und bebt in meiner Nase. Camilla zieht ganz schön doll, und ich muss aufpassen, nicht zu stolpern und hinzufallen. Charles holt auf, das ist gut, weil ich dann nicht alleine den krassesten Moment aller Zeiten durchstehen muss.

»Was ist hier los? Brennt ihr durch?«

Ich zucke die Schultern.

»Also, es gibt echt Gelegenheiten, Gustav, da solltest du die Sache mit dem Nicht-Sprechen mal sein lassen. Zum Beispiel, um mir ein Zeichen zu geben, wenn ein fremdes Mädchen gerade dabei ist, dich zu entführen.«

Ich schüttle den Kopf.

»Also keine Entführung. Na gut, was dann?«

Camilla hält an. »Philou«, sagt sie noch einmal und deutet auf einen Wohnwagen, der vor uns steht und seine besten Jahre schon lange hinter sich hat. Die Farbe blättert vom Holz ab, und was vielleicht mal ein sattes Blau war, ist jetzt verblasst und fleckig. Hier und da erkennt man noch die Umrisse von Planeten und Sternen, aber viel auffälliger sind die Matschflecken. Opa taucht neben mir auf. Er starrt den Wohnwagen an. Er hält sich die Hand vor den Mund, und dann kommt ein Geräusch aus ihm raus, das puncht einem direkt in die Magengrube. Charles folgt meinem Blick.

»Was ist eigentlich los in dieser Familie?«, ruft sie und schaut mich wieder an. Ich zucke die Schultern. Opa starrt wie versteinert auf den Wagen.

»Es kann passieren«, sagt Opa plötzlich und hört ein bisschen auf, erstarrt zu sein, »dass Zirkusse abfackeln. Das können Unfälle sein. Oder Betrug. Was immer es ist, dem Feuer fallen nicht nur Zelte und Wagen zum Opfer. Sondern auch Träume. Aber Reste bleiben immer. Einzelne Wagen, die das Feuer nicht gefressen hat. Und Stücke von Träumen, die einem im Herzen stecken.«

»Bist du immer noch der alte, gefühlsduselige Schwätzer?« In der Tür des Wagens steht ein Mann. Er ist dünn und drahtig und bewegt sich wie ein Tänzer. Oder ein Tiger. Geschmeidig geht er die paar Stufen runter. Er hat schulterlange graue Haare mit einem letzten Schimmer Schwarz. Die Falten in seinem Gesicht sind so tief wie die von Opa, und genau wie bei ihm sehen sie so aus, als würden sie vom vielen Lachen kommen. Aber da ist auch etwas in seinen Augen, ein Schimmer wie der des Mondes, der sich auf dem Kanal spiegelt und den Lily auch in ihren hat und Opa, wenn er von allem spricht, was er im Altersheim und Leben nicht mag.

»Wir beide wissen ja, wer hier der Gefühlsduselige ist«, sagt Opa. Die beiden stehen einfach so da und gucken sich an.

»Guck dir mal die Wolken an«, sagt Charles und bufft mich in die Seite, »die fliegen nur so dahin. Als wollten sie dieses Blickduell mit so viel Blau wie möglich unterlegen.« Sie grinst mich an, und das macht mich ruhig, obwohl die ganze Zeit Sachen passieren, von denen ich nicht weiß, was sie zu bedeuten haben. Ich halte ihr das Handy hin: *Ist kein Blickduell.*

»Woher willste das wissen?«, fragt Charles. Opa und Philou machen noch zwei Schritte aufeinander zu und fallen sich in die Arme. Sie klopfen sich mit den Händen auf den Rücken, Philou packt Opa, hält ihn etwas von sich weg und guckt ihn an, dann umarmen sie sich wieder.

»Du alter Gauner«, sagt Philou.

»So eine lange Zeit«, sagt Opa.

»Ja«, sagt Philou und betrachtet Opa, »du bist richtig alt geworden.« Opa boxt Philou leicht gegen die Schulter. Philou setzt zum Gegenschlag an, aber Opa weicht aus und macht dabei, ziemlich geschickt, zwei Schritte auf Philou zu. Er schlingt seinen Arm um dessen Hals und rubbelt ihm mit der Faust über die Haare.

»Alt«, ruft er, »aber immer noch stark.« Er lässt Philou los, der schaut belustigt.

»Wollt ihr einen Tee?«, fragt Philou. Opa nickt, ich auch.

»Und Antworten«, sagt Charles und stampft dabei ein bisschen mit dem Fuß auf.

»Ja«, sagt Philou und deutet auf ein paar wackelige Metallstühle, die um einen noch wackligeren Metalltisch herumstehen, »setzt euch doch.« Dann verschwindet er im Sternenwagen.

»Wenn er keinen Rosentee macht, ist die Welt doch eine Scheibe«, sagt Opa. »Philou hat immer Rosentee gemacht, das war seine Spezialität. Das und die Löwen.«

»Die Löwen?«, fragt Charles. Ich male mit dem linken Fuß Kreise in den Staub.

»Ja«, sagt Opa und guckt über die Schulter zum Wohnwagen, »Löwen. Er war der Beste, damals in den goldenen Zeiten von *Capriola*. Und vermutlich auch davor und danach. Er hatte eine Verbindung zu den Tieren, es war, als wäre er einer von ihnen. Er *war* einer von ihnen. Er brauchte niemals Gewalt. Er hat einfach mit ihnen gesprochen.«

»Er hat einfach mit ihnen gesprochen?« Charles guckt skeptisch.

»Glaub es oder nicht, aber wahr ist es trotzdem«, sagt Opa und nickt sehr bestimmt. Ich höre auf, Kreise zu malen, und gucke auf den Wohnwagen und die Berge dahinter, in Charles' Gesicht, das voller Staubspuren ist, und auf Opa, der fast so flirrt wie die Luft. Anscheinend kann alles wahr sein. Und alles, was wahr scheint, könnte sich als falsch herausstellen.

»Seine Nummern waren einfach verdammt großartig. Ihr hättet deine Oma sehen müssen, Gustav, wie sie regelmäßig zusammenzuckte, wenn die Löwen ihr Maul aufrissen und brüllten, und dann wieder war sie ganz hingerissen von der Schönheit und der Anmut dieser Tiere. Das Glitzern in ihren Augen, wenn sie sich gebannt nach vorne beugte. Wie oft habe ich hinter dem Vorhang gestanden und das beobachtet. Philou war eine Berühmtheit. Sogar unter Löwendompteuren, die einander sonst nicht besonders leiden konnten, außer für einen saftigen Faustkampf, hatte er fast nur Bewunderer. Dabei wollte er immer lieber Seiltänzer werden, aber so ist das, man will das eine und ist in Wahrheit ein Meister im anderen.«

»Wollten wir nicht alle Seiltänzer werden?« Philou kommt mit einem silbernen Tablett aus dem Wagen. Darauf eine Teekanne und fünf kleine Gläser.

Du auch? Ich gebe Opa mein Handy. Opa schüttelt den Kopf. »Ich nicht. Einmal Clown, immer Clown.«

»Natürlich«, ruft Philou, »natürlich wollte er das. Lasst euch von diesem Halunken nichts erzählen. Er ist ein Meister der Täuschung, ein Zauberer ist an ihm verloren gegangen. Jeder wollte das. Weil es die Mädchen am meisten beeindruckt hat. Aber man ist, was man ist. Dompteur oder Clown. Und dieser Joseph hier hätte niemals etwas anderes sein dürfen.«

»Und jetzt sieh uns an«, sagt Opa, »was aus uns geworden ist. Alte Männer ohne rote Nasen, ohne Löwen, irgendwo am Ende ihres Lebens.« Es ist das erste Mal auf dieser Reise, dass er wieder wie der alte Opa wirkt. Philou schenkt den Tee ein und es duftet wirklich nach Rosen.

»Na«, sagt Philou, »wie alt oder am Ende kann jemand sein, der gerade auf einer Reise ist? Worum geht es eigentlich? Ich schätze, du wolltest nicht einfach nur deinen alten Freund besuchen kommen?«

»Wir suchen Gustavs Papa«, ruft Charles und springt auf. »Weißt du etwas? Irgendetwas? Er heißt Emilio, und wir wissen von einem Mann, der Pfefferbonbons und gezinkte Würfel verkauft, dass er vor Jahren hergekommen ist.«

Philou schaut mich an. Er kneift die Augen zusammen. Dann lächelt er.

»Das ist also Emilios Sohn«, sagt er schließlich, und ich denke, dass ich mich wahrscheinlich dran werde gewöhnen müssen, dass Leute mich so nennen. Ich nicke, Opa nickt auch. Charles schlürft ihren Tee. Sie steht immer noch und wippt mit dem Fuß. Es geht ihr nicht schnell genug. Nichts geht ihr schnell genug.

»Das sieht man.« Auch das ist so ein Satz zum Gewöhnen jetzt.

»Und du lebst jetzt hier?«, fragt Opa.

»Schon lange«, sagt Philou, »als es mit *Capriola* zu Ende

ging damals, nachdem ich das Unvorstellbare getan hatte und die Dinge Feuer fingen.« Er schaut zu Boden. »Jolene und ich reisten eine Weile und hier gefiel es uns. Es hat etwas mit den Bergen zu tun, denke ich, und mit der Art, wie der Boden sich bei Wind kräuselt.«

»Wie geht es Jolene?«

»Gut. Bis auf die üblichen Alterserscheinungen. Ein Schmerz hier, einer dort. Ausgerechnet heute ist sie nicht da, sie ist ins Dorf gefahren. Sie hätte sich sehr gefreut, dich zu sehen. Dich und den Sohn von Emilio. Wir wussten ja von nichts.« Es ist seltsam, dass es Menschen gibt, die sich darüber freuen würden, mich zu treffen, während ich gleichzeitig noch niemals von ihnen gehört habe. Geheime Verbindungen, von denen ich nichts weiß. Wie unterirdische Flussläufe. Ich trinke einen Schluck Tee. Die Sonne malt die Spitzen der Berge heller. Camilla sitzt in ihrem Stuhl und lächelt, vielleicht, weil sie uns alle zusammengeführt hat. Vielleicht auch, weil sie sich vorstellt, wie sie das Tor ihres Lebens schießt.

»Ja«, sagt Opa und nickt, »ich wusste bis vor ein paar Tagen auch nicht, dass du hier bist. Hörst du manchmal noch was vom Boss?«

»Nein«, sagt Philou. Es ist, als hätten sie das schon tausend Mal getan, zusammen irgendwo zu sitzen und Tee zu trinken, und vermutlich haben sie das auch. Eigentlich weiß ich nicht nur kaum über meinen Vater Bescheid, auch von Opa und Mama habe ich eigentlich gar keine Ahnung.

»Was ist das *Unvorstellbare*?«, fragt Charles. Vielleicht hat sie auch all die Geheimnisse bemerkt, die umherwabern. Aber sie fragt halt direkt. Sie haut es einfach raus.

»Ich habe … na ja.« Philou schaut auf seine Hände, die in seinem Schoß liegen, dann sieht er Opa an.

»Ist schon okay«, sagt Opa.

»Ich habe meine Löwen freigelassen.«

»Du hast deine Löwen freigelassen? Warum denn?« Charles hat sich auf den Boden fallen lassen.

»Weil sie unglücklich waren. Weißt du, ich habe ihnen gegenüber nie Gewalt angewendet. Keine Peitsche und keinen Stock benutzt. Sie nicht bestraft und zu nichts gezwungen. Aber das reicht nicht. Es sind wilde Tiere und sie gehören nicht in einen Käfig. Ich habe das immer gespürt, dass sie traurig sind und dass es nicht richtig ist, zu tun, was ich tue, aber lange Zeit konnte ich das einfach verdrängen. Nur eines Nachts also, da hatte ich diesen Traum oder so etwas, vielleicht auch nicht, es war sehr realistisch. Jedenfalls träumte ich, dass ich aufwachte, aber ich befand mich nicht mehr in meinem Bett, sondern im Käfig meiner Löwen. Ich lag dort zusammengerollt wie eine Katze und schaute durch die Gitterstäbe nach draußen. Dort liefen die Löwen umher. Sie brachten mir Futter und wechselten das Stroh und holten mich, um mit mir ein paar Kunststücke zu trainieren. Es schien mir, als wollten sie mir Handstand beibringen. Genau wusste ich es nicht, denn sie sprachen mit mir in einer Sprache, die ich nicht verstand. Und obwohl sie mit sanften Stimmen redeten und sehr geduldig mit mir waren, hatte ich Angst und sehnte mich nach meinem alten Leben. Am nächsten Morgen konnte ich es ganz deutlich sehen und nicht mehr wegschauen: Meine Löwen verdienten die Freiheit. Also habe ich sie gehen lassen. Das war das Ende meiner Karriere als Dompteur und es war sehr bald auch das Ende meines Zirkuslebens.«

»Wow«, sagt Charles, »ob die Löwen jetzt glücklich sind?«

»Das weiß ich nicht. Ich hoffe es.« Philou lächelt sie an. »Und ihr sucht Emilio?« Er schaut mich lange an, ich nicke.

»Er ist nicht mehr hier«, sagt Philou und das war eh schon klar. »Schon lange nicht mehr. Er ist mit Laszlo weitergezogen.« Opa verzieht sein Gesicht. Philou nickt ihm zu und zuckt dann mit den Schultern. »Ich weiß. Keine Ahnung, warum ausgerechnet mit dem.«

»Was ist mit ihm?«, fragt Charles.

»Laszlo war Zauberer. ›Magier‹, wie er gesagt hätte. Aber einer, der mit dunkler Magie arbeitet. Gespenstischer Typ. Jemand, in dessen Gegenwart einem immer kalt ist. Ich konnte Emilio damals nicht verstehen. Aber das kam öfter vor. Ich habe ihn daher gezwungen, mir die Adresse dazulassen. Irgendwie dachte ich, man weiß ja nie. Und man weiß tatsächlich nie. Nun stellt sich heraus, dass die Adresse wirklich nützlich sein könnte. Versucht euer Glück, vielleicht findet ihr ihn dort.«

Er lacht. »Ich habe irgendwo drinnen noch ein Foto von ihm, ich weiß es genau. Eins aus alten Tagen. Wartet mal.« Er verschwindet in seinem Wagen, ich greife nach Charles' Hand. »Wird schon, Kleiner, keine Sorge, er ist bestimmt nicht hässlich.« Ich strecke ihr die Zunge raus, sie drückt meine Hand und dann steht Philou in der Tür und ruft »Ich hab's«. Ich springe auf und schnappe mir das Foto. Darauf stehen zwei Männer vor einem Zirkuszelt, man sieht nur die Streifen der Plane und sonst nicht viel, aber die Männer sind beide ganz drauf, der größere, dünnere ist Philou und der andere … Eine Zeit lang habe ich ihn mir oft vorgestellt. Wie er aussehen könnte, wie er aussehen müsste. Was ich nicht von Lily geerbt habe, was also alles von ihm sein muss. Irgendwann hat es mich dann wütend gemacht, dass er weg ist, und ich hab's gelassen. Ich streiche über das Foto, ich halte es nah an mein Gesicht, ich halte es weiter weg, ich schlucke mehrmals gegen den Kloß in meinem Hals an, aber es hilft nicht.

»Die komischen Ohren, deine komischen Ohren, die sind von ihm.« Charles beugt sich über meine Schulter, sie ist ganz nah an meinem Gesicht, sie riecht nach Minze und irgendwas mit Blumen. »Guck doch!« Sie tippt auf die Ohren von Papa, der auf dem Bild eine Latzhose, aber kein Shirt trägt, einen vollen Bart im Gesicht. Er lacht, ein großes Lachen, und hat den Arm um die Schultern von Philou gelegt. Dann tippt Charles meine Ohren an. »Die gleichen komischen, ein bisschen eingeknickten Ohren. Und das gleiche Lachen. Du siehst auch so aus, wenn du lachst.«

»Er hat selten gelacht«, sagt Philou, »aber wenn er gelacht hat, dann war es sehr ansteckend.«

»So wie du, Gustav, so wie du!« Charles hopst wieder, als wäre sie ein Flummi, und es ist gut, dass sie sich so freut, weil ich selbst gar nicht weiß, was ich fühle. Ich nicke irgendwann, nachdem ich noch eine ganze Zeit auf das Bild gestarrt habe. Ich gucke die anderen an. Charles guckt zurück, stolz, glaube ich, es war ja ihre Idee, überhaupt hierherzukommen, Philou und Camilla reden miteinander. Opa sitzt auf seinem Stuhl und guckt ins Nichts.

»Du kannst es behalten«, sagt Philou irgendwann, »ich habe meine eigenen Erinnerungen.« Ich nicke und stecke Papas Bild in meine Hosentasche.

Als es anfängt, dunkel zu werden, machen wir ein Lagerfeuer. Auf einmal wird es ein Wirrwarr aus Stimmen und Menschen um uns herum. Wir schleppen Holz auf einen Haufen, und wir helfen beim Essenmachen, und wir raufen uns aus Spaß mit den anderen Kindern und werden von Erwachsenen ermahnt, als würden wir sie verstehen, und für einen Moment ist es so, als würden Charles und ich hier leben. Wir essen und alle reden, ich sitze zwischen Camilla und Charles und zähle 73 Funken, die in den Sternenhimmel aufsteigen. Dann hole ich noch mal das Foto aus meiner Hosentasche und gucke mir diesen Mann an. Lohnt es sich, ihn weiter zu suchen? Kreuz und quer durch Länder, die ich nicht kenne? Ich denke an den Mann, der mit Lily im Urlaub ist, und denke: Ja. Dann frage ich mich, ob Emilio mich überhaupt mögen wird, ob er mich treffen will oder vielleicht nicht. Ein paar Leute fangen an, Musik zu spielen und zu tanzen. Erst sind es nur zwei, dann drei, dann werden es immer mehr, auch Philou fängt an und dann steht auch Opa auf und tanzt mit. Sie tanzen schnell und schön und sie schnipsen und lachen und Charles steht auch auf und tanzt mit und ich gucke ihnen zu und lache auch und ich denke an die Wohnung zu Hause und die Schule und den Blick vom Balkon und wie der Wind die Blätter über die Betonplatten im Hof weht und wie weit weg das alles ist und wie ungern ich jetzt tauschen würde.

Morgen auf nach Ungarn, tippe ich und halte Charles das Handy hin, als sie sich irgendwann nach Luft ringend wieder neben mich setzt.

»Wir fahren weiter?«

Ich nicke.

»Siehst du. So geht das. Du lernst ja doch noch. Man muss nur dranbleiben. Das Universum weiß jetzt Bescheid, würde Mama sagen. Wir finden ihn. Wir finden den Mann mit den komischen Ohren.« Sie lacht, ich auch.

Am Ende des Abends sind nur noch Philou, Jolene, Opa, Charles und ich da. Sogar Camilla hat sich verabschiedet. Wir gucken in die Reste des Lagerfeuers, die noch vor sich hin glühen.

»Und?«, fragt Opa und gähnt.

»Wir fahren weiter«, sagt Charles, »Gustav will das.«

»Gut«, sagt Opa.

»Ach«, sagt Philou, »noch mal auf Reisen sein, so wie früher.«

»Die ewige Sehnsucht«, sagt Opa, »komm doch mit uns.«

»Nein. Ich bin jetzt hier zu Hause. Das Reisen liegt mir nicht mehr. Du weißt doch, wie das ist: Wir sind alt geworden.«

»Ich bin jung und frisch wie eh und je«, sagt Opa.

»Na klar, du alter Halunke wirst niemals zu alt für etwas. So seid ihr Clowns. Hast du denn gar keine Altersbeschwerden?« Opa schüttelt hastig den Kopf, und es kommt mir vor, als nicke er in meine Richtung.

»Na gut«, sagt Philou, »Zeit, ins Bett zu gehen. Es ist spät, und so wie ich das sehe, habt ihr eine weite Reise vor euch. Davor sollte man sich tunlichst ausschlafen. Ihr könnt heute Nacht unseren Wagen haben. Wir schlafen nebenan.«

»Ist doch nicht nötig«, sagt Opa.

»Doch, doch«, sagt Jolene.

»Es kommt so selten vor, dass meine Leute hierherkommen, eigentlich nie. Und wenn es dann schon einmal so weit ist, sollen sie es so gut wie möglich haben«, fügt Philou hinzu.

Opa erhebt sich und nimmt Philou in den Arm.

»Er war kein schlechter Mann, das war er nicht. Er war still und eigen und hatte so seine Fehler, aber geliebt hat er sie wirklich, das hat er, und er hätte sie niemals verletzt«, sagt Philou.

»Ich weiß«, sagt Opa und senkt seinen Kopf.

»Für manches ist es ja noch nicht zu spät.« Philou streicht mir über die Haare, dann greift er in seine Hosentasche und reicht mir etwas.

»Ich habe gehört, du sammelst kleine Dinge. Das hier ist ein Knopf von meiner Dompteur-Uniform. Hoffentlich bringt er dir ein bisschen Glück und ihr findet Emilio. Und wenn ihr ihn findet, dann sagt ihm, er soll mal wieder vorbeikommen und dass ich ein paar Sachen habe, die repariert werden müssten. Ich zahle auch, falls er zu geizig ist, seinen Freunden in Not zu helfen.« Er lacht schelmisch und sieht sich selbst auf dem Foto für einen Moment sehr ähnlich.

»Gute Nacht«, sagt Philou.

»Gute Nacht«, sagt Opa.

»Gute Nacht«, sagt Charles.

Ich liege noch lange wach, Opa schnarcht und Charles zuckt manchmal, vielleicht boxt sie sich im Traum gerade mit jemandem oder so. Ich starre an die Decke von Philous Wagen und betrachte den Knopf mit zusammengekniffenen Augen. Er ist golden und mit einem P drauf. P für Philou. Ich stecke ihn wieder ein, drehe mich auf die Seite und lasse meine Hand aus dem Bett in Agathas Eimer baumeln.

Ich war noch nie in Ungarn, sagt Agatha.

Ich auch nicht, sage ich.

Bald schon, sagt Agatha.

Ja, sage ich.

Und in meinem Kopf ist noch die Musik von vorhin und das Lachen von Philou und das Bild von diesem Mann, der mein Papa ist.

ZWÖLF

Am nächsten Tag sind wir wieder unterwegs. Charles' Kopf liegt auf meinem Oberschenkel, ihre Beine hat sie angewinkelt. Sie schläft mit offenem Mund und sabbert ein bisschen, aber sie sieht nicht doof aus dabei. Charles sieht einfach nie doof aus. Vida sitzt hinten auf dem Bett, die Arme um sich selbst geschlungen, und schaut zu uns nach vorne. Agatha steht daneben, ihr Eimer ist mit Decken und Kissen gesichert, damit er nicht umfällt. Opa summt leise mit der Musik mit, damit Charles und ich noch schlafen können. Ich beobachte die Sonne dabei, wie sie sich von unten nach oben arbeitet und einen wolkenlosen Himmel erhellt. Opa hat sein Fenster ein kleines bisschen geöffnet, die Luft ist noch angenehm kühl und klar und kitzelt mich am linken Ohr. In meiner Hosentasche stecken das Foto und der Knopf. Philou hat uns heute Morgen noch verabschiedet, Camilla war auch da. Opa und Philou haben sich ungefähr hundert Jahre umarmt, und ich glaube, am liebsten wäre Opa geblieben. Ich war auch ein bisschen traurig, dass wir weiterfahren und sie nicht mitkommen konnten.

Ich wünschte, man könnte sich auch Menschen einfach in Hosentaschen stecken.

»Verdammte Axt, dein Oberschenkel ist kein wirkliches Kopfkissen.« Charles blinzelt mich an. Ich gebe ihr eins von den Kissen, die hinter uns auf der Matratze liegen, sie stopft es unter ihren Kopf.

»Warum nicht gleich so.« Sie macht die Augen wieder zu und ich gucke weiter aus dem Fenster. Wir fahren an endlos vielen weiten Wiesen vorbei, hin und wieder an Bäumen. Ich zähle 22 Lastwagen und 15 normale Autos, es ist nicht besonders viel los. Manchmal muss ich an Mama denken und was sie dazu sagen würde, wenn sie uns so sehen könnte, hier, irgendwo in Ungarn. Eben noch in der Slowakei und nichts mit Uckermark und nichts mit Zelten. Aber wenn ich Emilio finde und ihn nach Hause bringe, dann wird alles gut, denke ich noch, bevor mir die Augen zufallen.

Ich werde wach von einem Schlag gegen meine Schulter.

»Gustav! Jetzt reicht's aber mal mit Schlafen, es ist schon fast Mittag.« Charles sitzt jetzt neben mir und sieht gar nicht mehr verschlafen, sondern sehr wach aus. Sie reicht mir eine Flasche Wasser, ich trinke einen Schluck.

Ich habe dich friedlich schlafen lassen, schreibe ich und reiche ihr das Handy.

Charles wirft das Handy wieder in meinen Schoß.

»Ich dich auch. Aber eben nicht für immer.«

»Ich brauche einen Kaffee. Und eine Pause. Das Beste wäre, einer von euch lernt jetzt mal Auto fahren, dann könnten wir uns abwechseln und wären viel schneller.«

»Ich kann Auto fahren.«

Opa guckt Charles im Rückspiegel an: »Das würde mich nicht wundern.«

»Normal. Weil ich so klug bin«, sagt Charles, auf dem Schoß hat sie Vida, mit deren Armen sie erst in der Luft rumfuchelt und sich dann am Kopf kratzt. Opa lacht.

Opa biegt auf einen Rastplatz ein. Er holt sich Kaffee und wir setzen uns an einen Tisch in der Sonne. Charles steht neben uns und putzt sich die Zähne, dann spuckt sie die Zahnpasta in das mehr braune als grüne Gras.

»Wir müssen unseren Eltern schreiben, vor allem deiner Mama, dass wir noch länger in der Uckermark bleiben. Weißt du, was praktisch an deinem Schweigeschwur ist? Niemand würde je auf die Idee kommen, dich anzurufen. Außer, man wollte dich atmen hören, aber welcher Freak will das schon?« Ich hole mein Handy aus dem Auto und tippe eine SMS an Mama.

Uckermark ist super, Charles' Familie nett, wollen noch länger bleiben, ein paar Tage. Gustav.

Ich schicke sie ab, dann tippe ich *fertig* und halte das Charles hin, die nickt. Dann dreht sie sich zu Opa.

»Was weißt du über diesen Laszlo?«, fragt sie.

»Nicht viel mehr als Philou. Konnte den nie ausstehen. Hat sich immer ordentlich was eingebildet auf seine Zauberei.« Opa grunzt verächtlich. »Also bitte, wegen ein paar billigen Tricks muss man sich doch nichts einbilden. Jeder Clown kann welche.« Er lacht.

»Warum ist Gustavs Vater wohl mit dem fortgegangen?«

Opa hebt die Hände leicht, er zieht die Schultern hoch und schaut mich kurz an. Ein winziger Blick, von dem er vielleicht denkt, ich merke es nicht.

»Ich weiß es nicht«, sagt er dann, »Emilio war immer einer von denen, die ständig etwas zu tun haben müssen. Immer unterwegs sein. Keine Ruhe finden können. Immer so ein Kitzel im Herzen, der einen weiterzieht.«

»So wie du«, sagt Charles.

»Na ja«, sagt Opa und räuspert sich, »das war mal.«

»Was ist dann passiert?«, fragt Charles. Opa schaut sie lange einfach an, dann zur Seite, er schüttelt sachte den Kopf.

»Das Leben«, sagt er, »Dinge, die man nicht vorhersehen konnte. Die Unmöglichkeit, zu wissen, welche Folgen die eigenen Entscheidungen haben.«

»Alter Mann!« Charles lässt ihre Faust auf den Tisch sausen. »Geht es noch geheimnisvoller?«

Opa zieht ein Gesicht, sieben Tage Regenwetter oder so ähnlich, die Falten sehen noch viel tiefer aus als sonst.

»Wir sollten weiterfahren«, sagt er.

»Na gut«, sagt Charles, »aber irgendwann wirst du reden müssen. Da kommst du nicht raus.«

»Ich befürchte es«, sagt Opa.

Ich frage mich, was er noch alles zu erzählen hat, denke ich zu Agatha.

Stille Wasser sind tief, sagt Agatha.

Ich weiß gar nicht, ob ich das alles wissen will, denke ich.

Am Ende weißt du es, sagt Agatha.

Am Ende weiß ich es, denke ich, *aber mal sehen, was das für ein Ende sein wird.*

DREIZEHN

Wir parken den Bus an der Dorfstraße von Kl'ack. Agatha und Vida lassen wir im Auto. Die Straße surrt vor Hitze. Niemand ist draußen, nur die Häuser stehen da. Die meisten sehen alt aus. Im Hintergrund überall die Berge. An der Tür der Gaststätte hängt ein Schild, auf dem *zatvorené* steht, davor stehen drei leere Flasche, die Etiketten ganz ausgeblichen.

»Wie ein Geisterdorf«, sagt Charles und ich nicke.

»Da hinten müsste es sein«, sagt Opa und deutet auf das Ende der Straße, an dem sich fünf riesige Tannen in Richtung Himmel strecken. Sie sehen aus wie mies gelaunte Riesen. Je näher wir kommen, umso mehr wird von dem Haus erkennbar, das sich hinter den Tannen versteckt. Es wirkt, als hätte es zu lange im Wind gestanden, ganz schief. Es ist so grau wie die Hochhäuser zu Hause, nur dreckiger und ohne Balkone. Eins der Fenster ist mit schwarzer Folie zugeklebt. Um das Haus herum stapelt sich Müll. Auch im Zaun steckt Müll. Einzelne Plastiktüten, Dosen, gammelige Weintrauben. Links neben dem

Haus ist ein Stein aus Kreisen gelegt. Alles wirkt düster und verlassen.

»Nicht sehr einladend«, flüstert Charles.

»Da muss man jetzt durch«, sagt Opa. Er macht das Tor auf und geht an den Tannen vorbei zum Haus. Ich muss mich immer noch an seinen neuen Tatendrang gewöhnen.

»Scheiße«, sagt Charles, »dann müssen wir jetzt auch.« Also folgen wir Opa. Vor der Haustür bleibt er stehen und klopft an. Niemand antwortet. Opa klopft noch mal. Wieder antwortet niemand. Charles zuckt die Schultern. Ich knacke mit meinen Fingern.

»Wir gehen da jetzt einfach rein«, sagt Opa und drückt die Klinke runter. Ich greife nach Charles' Hand und drücke sie kurz. Ich weiß nicht, ob das hier eine gute Idee ist, es kommt mir nicht so vor. Opa macht die Tür auf. Drinnen ist Chaos. Kisten stapeln sich bis unter die Decke. Es liegen alte Zeitungen und Bücher rum. Überall stehen Kerzen. An den Wänden hängen Geweihe, und tote Vögel baumeln von der Decke an Schnüren, die um ihre Beine gebunden sind. Es riecht muffig. Auf einem Bett, das auf der anderen Seite des Raumes steht, sitzt ein Mann im Schneidersitz, Hände auf den Knien. Er trägt einen schwarzen Pullover und abgewetzte schwarze Hosen. Sein Gesicht ist blass, er hat halblange braune Haare, die fettig herunterhängen, und stechend blaue Augen.

»Was soll das?«, fragt er und erhebt sich. Er ist so groß, dass er sich fast den Kopf an der Decke stößt.

»Höflichkeit war noch nie eine deiner Stärken«, sagt Opa.

»Was willst du?«, fragt der Mann. Seine Stimme ist tief, krächzend, als würde er nur sehr selten sprechen.

»Ich habe da ein paar Fragen«, sagt Opa.

»Nein«, sagt der Mann einfach nur.

»Willst du mich nicht erst mal begrüßen?«, fragt Opa. Charles und ich stehen hinter ihm.

»Ich kenne dich nicht«, sagt der Mann. Er macht zwei Schritte auf Opa zu, steht jetzt direkt vor ihm.

»Doch«, sagt Opa, »ich bin's, Joseph.«

Der Mann guckt Opa so an, als wüsste er nicht, wovon der spricht, und auch so, als sei seine Geduld gleich am Ende.

»Du weißt schon, damals«, Opa tippt dem Mann auf die Brust, einfach so, als gäbe es nichts zu befürchten, »*Capriola*. Ich war der Clown.« Mein Blick fällt auf die Gewehre, die neben der Tür lehnen. Drei auf der linken, zwei auf der rechten Seite. Der Mann kneift die Augen zusammen. Er brummt etwas Unverständliches.

»Und wer sind die da?«, fragt er und deutet auf uns.

»Meine Enkel«, sagt Opa.

»Aha«, sagt der Mann, als hätte er etwas gegen Enkel,

als hätte er etwas gegen die ganze Welt. Charles zupft mir am T-Shirt. Ich schaue zu ihr. Sie nickt mit dem Kopf in Richtung eines Tisches, auf dem in sternförmiger Anordnung Kerzen stehen, dazwischen liegen Steine und Kräuter.

»Der wird uns verfluchen«, flüstert sie. Ich antworte ihr nicht und stehe regungslos da, um den Mann nicht zu verärgern.

»Die hattest du damals aber noch nicht«, sagt der Mann.

»Nein«, sagt Opa, »die hatte ich damals noch nicht.«

»Was wollt ihr?«, fragt Laszlo.

»Dürfen wir uns vielleicht setzen?«, fragt Opa.

»Ich halte nichts von Besuch.«

»Ja«, sagt Opa, »das merken wir.«

»Was wollt ihr?«, fragt Laszlo wieder. Wie er so dasteht und sich ständig wiederholt, wirkt er etwas verwirrt, aber nicht weniger bedrohlich.

»Wir suchen Emilio.«

»Kenne ich nicht«, sagt Laszlo. Ich bekomme Gänsehaut. Hier drinnen ist es seltsam kühl.

»Ist ›Kenne ich nicht‹ deine Lieblingsantwort?«, fragt Charles.

»Dich kenne ich auch nicht«, sagt Laszlo.

»Ja, ja«, sagt Charles und verdreht die Augen, »schon klar.«

»Emilio«, sagt Opa, »ist mit dir hierhergekommen. Kurz nachdem es mit *Capriola* vorbei war.«

»Nein«, sagt Laszlo, »ich bin allein hergekommen. Fragt die Leute im Dorf. Ich hatte niemals jemanden zu Besuch. Niemals.«

»Aber Philou, der Löwendompteur, hat das erzählt«, sagt Charles.

»Beileibe nicht alles, was die Leute reden, ist wahr«, sagt Laszlo und lacht ein kehliges Lachen.

»Er hat gelogen?«, fragt Charles. Laszlo schüttelt sich kurz, wie ein Hund, der eben ein Bad genommen hat, und setzt sich wieder auf sein Bett.

»Philou ist verrückt«, sagt er.

»Quatsch«, sagt Charles und auch Opa schüttelt den Kopf.

»Hat er oder hat er nicht all seine Löwen freigelassen?«, fragt Laszlo.

»Das war aber das Gegenteil von verrückt«, sagt Charles, »das war mutig und schlau.«

»Verrückt«, sagt Laszlo, »und wenn du mich fragst, hatte es etwas damit zu tun, dass kurz danach der ganze Zirkus abgebrannt ist. Man kann nicht einfach seine Löwen freilassen und denken, dass nichts passiert.«

»Hä?«, sagt Charles.

»Hat was mit Energien zu tun«, sagt Laszlo.

»Aha«, sagt Charles. »Verdammt, er erinnert mich an meine Mutter«, flüstert sie mir zu.

»Was ist jetzt mit Emilio?«, fragt Opa.

»Nie hier gewesen«, sagt Laszlo.

»Bist du dir da ganz sicher?«

»Sicher«, sagt Laszlo und dunkle Wolken ziehen über sein Gesicht, »und ihr solltet jetzt verschwinden. Die Vergangenheit ist die Vergangenheit. Nichts ist, wie es einmal war.«

»Guter Kalenderspruch«, sagt Charles. Sie tippt sich mit den Fingern an die Seiten ihrer Oberschenkel, das geht ihr alles zu langsam hier. »Weißt du sonst etwas über Emilio?«

»Ich interessiere mich nicht für euch. So wie ihr euch nie für mich interessiert habt«, sagt Laszlo und schaut Opa an. Opa zuckt die Schultern. »Wolltest du nicht immer ein Mysterium bleiben?« Opa hebt die Augenbrauen.

Laszlo sagt nichts mehr, starrt uns nur an. Ein Windzug bringt die Vögel an der Decke zum Schaukeln.

»Raus jetzt«, ruft er auf einmal, das Gesicht ganz angestrengt verzehrt.

»Vielleicht hat ihm all die Magie das Hirn vernebelt«, flüstert Charles mir zu. Ich nicke, obwohl ich mir nicht sicher bin, ob das wirklich stimmt. Es kommt mir so vor, als würde Laszlo einfach nicht hier sein wollen, in dieser Hütte am Rand dieses verlassenen Dorfes, hinter den bedrohlichen Tannen. Als wäre er enttäuscht von diesem Leben, in dem Zirkusse abbrennen und man allein zurückbleibt. Vielleicht ist er verrückt, aber dann aus gutem Grund.

Gar nicht viel anders als Lily oder Opa. Nur, dass bei den beiden keine toten Tiere von der Decke hängen.

»Raus, raus, raus«, ruft er wieder und wedelt mit den Händen in der Luft. »Ich habe nichts zu erzählen.«

»Ist ja schon gut«, sagt Opa.

»Nein«, murmelt Laszlo und baut sich wieder vor Opa auf, »nein, nein, nein.«

Charles hebt die Hände, als wolle sie ihm in der Luft einen Double High five geben oder ihn besänftigen. Opa setzt zwei Schritte zurück. »Wir gehen jetzt wirklich besser, ich weiß nicht, wie locker seine Schrauben sind.«

»Oh Mann, ey«, flüstert Charles, und ich verstehe genau, was sie meint. Das war wohl nichts.

Draußen glimmt der Sommer immer noch. Fast hatte ich ihn im kühlen Dunkel von Laszlos Hütte vergessen. Durch das Hitzeflirren auf den Straßen gehen wir zurück zum Auto. Opa wischt sich den Schweiß von der Stirn.

»Tjaaa«, sagt er und zieht es lang wie Charles ihre Kaugummis.

»Was ist los mit dem?«, fragt Charles und meint es nicht wirklich als Frage.

»Er war schon immer …«, Opa stockt, guckt hin und her und geht dann auf den Schatten zu, den der Bus wirft, »… eigen. Jetzt ist er auch noch einsam.« Er setzt sich hin und atmet schwer ein und aus, er klingt fast wie ein alter Mann.

»Diese Sache mit dem Zirkus, die hat euch alle ganz schön mitgenommen, oder?«, fragt Charles. Opa legt sich jetzt auf den Boden und achtet darauf, dass sein ganzer Körper im Schatten ist.

»Kinder, mir ist warm«, sagt er und schließt die Augen. Charles guckt mich an, ich zucke mit den Schultern. Jetzt sind wir hier, in diesem Geisterdorf, ohne Spur und mit müdem Opa. Ich beschließe, nach Agatha zu sehen, deren Wasser im heißen Auto vermutlich schon fast kocht. Ich mache die Tür über Opa auf und greife nach Agathas Eimer.

Oh ja, sagt sie, *frische Luft.*

'tschuldigung, denke ich.

Ja, sagt sie.

Ich stelle den Eimer neben Opa.

»Es war unser Zirkus«, sagt er, »es war alles, was wir hatten, und alles, was wir waren. Dann war da nichts mehr.«

»Wie ist das denn jetzt passiert mit dem Feuer?«, fragt Charles.

Opa richtet sich auf. »Wir waren in der Nähe von Berlin, es war ein heißer Sommertag und viele von uns waren nach der Vormittagsvorstellung in der Havel schwimmen. Ich bin mit Rosalie, der Seiltänzerin, zurückgegangen. Sie hat gerade ein Rad geschlagen, und als sie wieder stand, haben wir die Flammen gesehen, die sich in den Himmel fraßen. Rosa ist sofort sehr blass geworden, hat es gleich begriffen, sie war klar und wusste sich auf ihre Intuition zu verlassen. ›Renn‹, hat sie gesagt und auf das Rot gedeutet und dann sind wir gerannt. Wir haben noch versucht, das Feuer zu löschen. Dabei wäre ich selbst fast reingeraten.«

Opa deutet auf sein Bein.

»Ziemlich miese Verbrennung war das.«

»Aber wie genau hat der Zirkus denn Feuer gefangen?«, fragt Charles.

»Es heißt, Waldo, der Feuerschlucker, hätte seine Jonglierfackeln nicht richtig ausgemacht. Wie ein Anfänger. Niemals.«

»Glaubst du nicht dran?«

»Nein. Jemand wie Waldo, der im Zirkus aufgewachsen ist, der macht so etwas nicht. Das steckt alles tief in einem drin.«

»Aber was ist dann passiert?«

Opa hebt den Kopf und schaut uns an.

»Wer weiß das schon. Man weiß nur, dass Versicherungen in einem solchen Fall zahlen und dass manche Geld erhalten haben.«

»Du?«

»Nein, niemand von uns. Der Zirkusdirektor und seine Familie.«

»Und was ist dann passiert?«

»Dann hat mich ein Mann namens Emilio ins Krankenhaus gefahren, um meine Brandwunden zu versorgen.« Opa seufzt.

»AHA!«, ruft Charles.

Aha, denke ich auch. Charles hatte recht. Opa weiß mehr, als er anfangs zugegeben hat.

»Ich muss jetzt eine Weile meine Augen schließen«, sagt er, »diese seltsame Hütte hat mich ganz müde gemacht und ich bin schon sehr, sehr alt. Später überlegen wir, was wir jetzt machen.« Er zieht sich seinen Zylinder über den Kopf und legt die Hände auf seinen Bauch.

VIERZEHN

»Was wir jetzt machen sollen …« Charles schnaubt und zuckt die Schultern. Wir sitzen ein paar Meter vom Bus entfernt auf dem Bordstein. Charles schnippt kleine Steinchen über die Straße. »Weiß ich auch nicht«, sagt sie, und das ist ein Satz, den ich von ihr nicht erwartet hätte. »Entweder es passiert ein Wunder oder es geht hier einfach nicht weiter.« Sie schaut mich an. »Wärst du dann sehr traurig?«

Ich gucke in den Himmel, der so blau und unbeteiligt aussieht wie immer. Ich denke an Lily und wie sie sagt, es sei kein besonders schönes Gefühl, wenn ich nicht mit ihr spreche, dann fühlt man sich, als wäre man gar nicht da. Und wie ich denke, dass sie mir das nicht extra erklären muss, weil ich genau weiß, wie das ist. Es ist, wie wenn sie abends müde vor dem Fernseher sitzt und nur vor sich hinstarrt oder wenn ich sie nach Papa frage und sie nur »Nicht jetzt« sagt oder wie wenn Opa und ich auf Spitzendecken starren. Ich glaube, wir haben uns alle längst an die Traurigkeit gewöhnt, Lily, Opa, ich.

Ich weiß nicht, tippe ich. Charles guckt mich lange an.

»Also ja«, sagt sie.

Ja, tippe ich.

Dann sitzen wir einfach da.

»Keine Ahnung«, sagt Charles irgendwann, »ich hab echt keine einzige Idee.« Ich lehne mich nach vorne, um eine Feder vom Boden aufzuheben. Sie hat Streifen wie die eines Zebras. Ich stecke sie ein.

»Gustav«, flüstert Charles und pickt mich in die Seite. »Da!« Sie deutet auf das Ende der Straße. Dort verlässt Laszlo gerade seinen Garten.

»Das ist unsere Chance«, sagt Charles.

Wofür? Ich halte ihr das Handy hin. Sie wedelt mit den Händen.

»Ist doch klar. Wir brechen ein. Wir schauen in seine Sachen. Ich wette, er versteckt etwas vor uns.«

Wie kommst du darauf?

Charles guckt genervt auf den Bildschirm. »Gustav, Mann. Wegen meiner Detektiv-Skills. Merk dir das doch mal jetzt.«

Ach, was soll's, denke ich, und dann spüre ich das Bitzeln. Ich komme auch so langsam in den Abenteuermodus.

Oh, oh, höre ich Agatha noch aus ihrem Eimer sagen, aber da laufen Charles und ich schon los.

»Ist das eine Falle, oder was?« Charles guckt mich über

die Schulter an. Die Tür von Laszlos Hütte lässt sich einfach öffnen. »Kann man doch gar nicht glauben, dass der nicht abschließt«, sagt Charles und bleibt im Türrahmen stehen. Ich kann es auch nicht glauben und ahne nichts Gutes, vielleicht hat er die Hütte mit einem Schutzzauber belegt, ich schiebe Charles nach drinnen. Hier einfach so in der Tür stehen, ist viel zu auffällig. Auch wenn uns hinter den Tannen wahrscheinlich eh niemand sehen kann. Ich kneife die Augen zusammen, um im Dämmerlicht besser sehen zu können. »Du gehst rechts, ich geh links. Jeder geht eine Hälfte durch«, sagt Charles. »Keine falsche Zurückhaltung, aber versuch trotzdem, nichts zu verändern.« Ich folge ihren Anweisungen und beginne vorsichtig, die Sachen von Laszlo durchzugehen. Ich lese die Titel auf den Buchrücken, hebe vorsichtig Kleidungsstücke an und schaue, was darunter liegt, öffne eine Truhe, die voller Kräuter und goldener Schalen ist, und frage mich, wonach wir eigentlich suchen. Wo soll hier ein Hinweis auf meinen Vater sein? Alles kann etwas mit ihm zu tun haben, nichts kann etwas mit ihm zu tun haben. Ich gucke in kleine Kästchen, eins ist gefüllt mit Sand, ein anderes mit Bleistiftstummeln. Ich finde Faden und Schere und ein mit Blut verklebtes Messer. Ich schaue zu den Vögeln nach oben und bekomme Gänsehaut. Wir sollten hier lieber verschwinden.

»Guck dir das an«, sagt Charles. Ich drehe mich zu ihr um. Sie hält einen Vorhang zur Seite, der die Tür zu einer kleinen Kammer verdeckt. An der hinteren Wand steht ein Regal, das komplett vollgestopft ist. Ich erkenne einen Umhang und eine Sammlung kleiner Stöcke, die zu Zauberstäben geschnitzt sind. Auf dem Boden steht ein Käfig und in dem Käfig sitzt ein dürres Kaninchen. Sein Fell ist staubig grau, eigentlich wäre es wohl weiß. »Dem geht's nicht so gut, glaube ich«, sagt Charles. Ich nicke. »Das nehmen wir mit. Ich befreie es und du schaust in der Zeit das Regal durch.« Sie beginnt sofort, an dem Käfig rumzuwerkeln, der seltsamerweise mit einem Schloss verschlossen ist. Als sei das Kaninchen besonders wertvoll oder gefährlich. Ich steige über den Käfig und schaue mir die Sachen in dem Regal näher an. Unter einem der Umhänge liegt eine kleine Kiste voller Papierkram. Es sind alte Eintrittskarten und Plakate vom *Zirkus Capriola*. Darunter Zeitungsartikel über den Brand und solche über die Vorstellungen. Und darunter liegen Fotos und einzelne Briefe. Hinter mir hebelt Charles die Tür des Käfigs mit einem Spazierstock auf. Ich halte ihr die Artikel und Fotos hin. »Mitnehmen«, sagt sie.

Dann quietscht es draußen.

»Scheiße«, flüstert Charles. »Das war das Tor.«

Mein Herz schlägt auf einmal doppelt so laut und dreimal so schnell. Ich stopfe mir die Papiere in den Hosenbund. Charles steht einfach da, das Kaninchen auf dem Arm. Beide sind wie eingefroren. Ich steige wieder über den Käfig und schiebe sie Richtung Tür. »Was soll das«, zischt Charles, »willst du uns direkt in seine Arme treiben?« Draußen hört man Schritte. Flucht scheint mir einfach die bessere Variante, als stundenlang mit Laszlo eingesperrt zu sein. Ich ziehe Charles neben die Tür, vor die Gewehre. »Scheiße«, flüstert Charles bei ihrem Anblick. Ich versuche, einfach weiterzuatmen. Ich bin noch nie irgendwo eingebrochen. Die anderen Jungs aus meinem Viertel haben das manchmal aus Spaß gemacht, ich habe sie darüber reden gehört. Jetzt bereue ich es fast, dass ich nicht mit dabei war. Ich wünschte, ich hätte etwas Übung. Wir drücken uns an die Wand. Dann geht die Tür auf. Ein Schuh, dann ein zweiter schieben sich durch die Tür. Ich müsste nur meinen Arm ausstrecken, um Laszlo zu berühren. Er macht drei weitere Schritte ohne zur Seite zu schauen. Ich kneife Charles in die Seite. Es heißt: Renn! Und dann laufe ich los, Charles folgt mir.

»Was ist hier los?«, brüllt Laszlo, der uns jetzt entdeckt hat und es kapiert. »Ihr kleinen Diebe!« Ich höre es knallen.

»Er hat ein Gewehr«, keucht Charles. Wir laufen an den Tannen vorbei. »Ich kriege euch«, ruft Laszlo und ballert weiter. Etwas prallt gegen den Zaun.

Charles überholt mich. »Gustav, schneller!«

Ich versuche, schneller zu werden. Ich merke, wie mir die Luft ausgeht. Ich renne trotzdem weiter. Ich schaue nicht nach hinten, weil ich Angst habe, Laszlo könnte direkt hinter mir sein.

»Joseph«, schreit Charles, die plötzlich wieder die Alte ist, voller Kraft, von der man nicht weiß, wo die eigentlich herkommt. »Wach auf und mach das Auto an!«

»Ich mach euch kalt«, ruft Laszlo, »ich schwör's euch.«

Ich glaube ihm das auch so. Am Ende der Straße kommt der Bus in Bewegung. Opa steuert auf uns zu. Die Seitentür ist offen. »Springt rein, Kinder«, ruft er. Charles hechtet in den Bus und landet auf den Knien. Ich springe hinterher und ziehe die Tür zu. Draußen wirft sich Laszlo zur Seite. Opa gibt Gas. Es knallt wieder. Laszlo schießt in den Himmel.

»Der Typ war schon immer ein bescheidener Schütze«, sagt Opa und lacht. Dann dreht er sich kurz um und schaut uns an.

»Wenn das nicht mein gottverdammtes Kaninchen ist, fress ich einen Besen«, sagt er und fängt an zu weinen.

»Contenance, alter Mann«, sagt Charles, »du steuerst hier ein Fluchtfahrzeug.«

FÜNFZEHN

Seit das Kaninchen im Bus ist, ist Opa ein anderer. Jemand hat das Licht in seinem Innern angeknipst. Wenn er vorher ein alter Dampfer war, ist er jetzt ein Speedboot.

»Es ist ein Wunder. Ein richtiges, echtes Wunder.« Opa hat ganz schön gestaunt.

»Ich wusste gar nicht, dass Kaninchen so alt werden können«, hat Charles gesagt.

»Gewöhnliche Kaninchen meinetwegen«, hat Opa gesagt, »die haben nur ein paar Jahre. Aber Miffler ist kein gewöhnliches Kaninchen.«

»Aber man kann das doch nicht genau wissen, ob er das ist oder nicht«, hat Charles zu bedenken gegeben.

»Ein Clown erkennt doch sein Kaninchen«, hat Opa gesagt. »Außerdem: Ist seine hintere rechte Pfote schwarz oder nicht?« Charles hat das Kaninchen hochgehoben, es sich über das Gesicht gehalten und die Pfoten angeschaut.

»Ist sie«, hat sie bestätigt.

Seitdem lächelt Opa vor sich hin, während er das Auto den Weg zurück durch die Wiesen lenkt. Dass wir bei Laszlo eingebrochen sind, hat er einfach gar nicht kommentiert. Mir zittern noch die Knie und eigentlich auch der Rest von mir. Ich ziehe die Papiere aus meinem Hosenbund und lege sie auf meinen Schoß. Charles schaut mir über die Schulter. Wir lesen die Zeitungsartikel. »*Zirkus Capriola* begeistert das Publikum«, »Akrobatik und Zauberkunst«, »Wo die Löwen handzahm sind«.

»Da, guck mal«, sagt Charles und tippt auf einen der Artikel. Auf dem Foto, das abgebildet ist, sind einige Artisten vor dem Zirkuszelt zu sehen, im Hintergrund, etwas unscharf, mein Vater. »Da stehen auch die Namen drunter. Pass mal auf, jetzt geht's wieder los mit Detektivarbeit.« Sie holt ihr Handy raus, öffnet Facebook und gibt die Namen in die Suchleiste ein. Zwei findet sie tatsächlich: Dario Muranelli und Elvis Zamper. Beide sehen auf ihren Profilbildern viel älter aus. »Aha«, ruft Charles und beginnt Nachrichten an sie zu tippen. »Abgeschickt«, sagt sie, »jetzt heißt es abwarten.«

Zeit für eine Pause, tippe ich.

»Zeit für eine Pause«, liest Charles vor.

»Okay«, sagt Opa.

Ich habe da eh noch ein paar Fragen, tippe ich.

»Ach nee«, sagt Charles, »Gusti, wirst du jetzt langsam auch neugierig?«

Ich strecke ihr die Zunge raus. Sie grinst, als könne ihr

nichts auf der Welt etwas anhaben, und wahrscheinlich ist das auch so.

Wir haben an einem See gehalten, sitzen auf dem Boden an den Bus gelehnt. Es ist sonst niemand hier, bis auf ein paar Vögel, die auf dem glitzernden Wasser schwimmen. Würden wir hier einfach verschwinden, vom Erdboden verschluckt, niemand würde es merken. Von dem Gedanken bekomme ich Gänsehaut. Diese Landschaft ist so weit wie nichts, was ich jemals gesehen habe. Charles hat Vida auf dem Schoß, Opa das Kaninchen. Es sitzt nur so da und schnuppert und sieht ganz zufrieden aus. Ich habe meine Hand im Eimer von Agatha. In mir drin wirbeln die Gedanken so umher, dass mir ganz schwindelig davon wird.

Also, wie war das denn jetzt mit Emilio und Lily und dir? Ich halte Opa das Handy hin. Er beugt sich nach vorn und liest. Dann lehnt er sich wieder zurück. Er nickt langsam.

»Na gut«, sagt er, »öffnen wir den Vorhang.« Er richtet sich auf und rückt seinen Zylinder zurecht. Er sitzt ganz gerade da, die Hände auf dem Kaninchen. »Beginnen wir von vorne. In meinem Leben gab es zwei große Lieben. Die erste große Liebe war der Zirkus. Ich bin dort geboren und aufgewachsen, und es war alles, was ich jemals war und sein wollte. Dann habe ich Gustavs Oma kennengelernt. Mein Gott, was habe ich diese Frau geliebt. Aber sie war nicht vom Zirkus und sie konnte sich mit dieser Art zu leben niemals anfreunden. Also habe ich versucht, sesshaft zu werden. Ich habe es wirklich versucht. Aber der Zirkus steckte zu tief in meinen Knochen. Ich dachte, ich schaffe es. Marie zuliebe. Mir zuliebe, weil ich sie liebte. Außerdem erwarteten wir ein Kind. Und es zerriss mir fast das Herz. Ich wollte mein Kind in der Zirkuswelt aufwachsen lassen. So wie ich auch groß geworden war. Aber Marie wollte das partout nicht. Das ist keine Umgebung für ein Kind, hat sie immer gesagt. Das sah ich anders. Wir waren auf die eine oder andere Art und Weise füreinander gemacht, aber tief in unserem Inneren wohl doch nicht, und das hätten wir eigentlich früh genug begreifen müssen, um das Unheil von uns abzuwenden. Wir lebten in einem kleinen Haus am Stadtrand von Berlin. Deine Mutter wurde geboren. Und eine ganze Zeit lang gelang es mir, so zu leben. Doch tief in mir wuchs die Sehnsucht, wuchs das Fernweh, das Verlangen nach Pomp und Trompeten, nach Opulenz und Zauber, dem Geruch von Elefanten und Zuckerwatte, meiner roten Nase und den übergroßen Schuhen. Wer war ich denn ohne all das? Ein Niemand, ein Hilfsarbeiter in einer fremden Stadt. Ich versuchte, Marie zu überreden, es einmal zu versuchen. Ich flehte sie an. Sie wollte nicht. Wir stritten. Tage, Wochen, Monate. Wir warfen uns die schlimmsten Wörter an den Kopf. Es flossen tausend Tränen. Irgendwann beschlossen wir, einander gehen zu lassen. Ich kehrte zum Zirkus zurück, Marie blieb in Berlin. Ich besuchte sie und meine Tochter, so oft es möglich war.«

Ich schaue auf den staubigen Boden. In mir fühlte es sich ein bisschen schummerig an. Ich wusste nichts von all dem. Lily hat nie mit mir über ihre Vergangenheit gesprochen. Es ist seltsam, jetzt davon zu hören.

»Und wie ging es Marie damit?«, fragt Charles.

»Nicht gut«, sagt Opa und seine Stimme klingt ganz brüchig, »sie wurde immer trauriger. Mit jedem Abschied vergrößerten sich die Risse. Ich glaube, am Ende hat sie es kaum noch ertragen, mich zu sehen. Sie hat mich nie fortgeschickt, aber ich konnte spüren, dass ihr meine Gegenwart zu schaffen machte. Und für meine Tochter war es sicher auch nicht leicht. Ganz sicher. Irgendwann bin ich nicht mehr zurückgekommen.« Er schaut in den Himmel. Er schluckt. »Die Traurigkeit von Marie wurde irgendwann unerträglich für Lily. Wie eine Glasglocke, unter der die Luft knapp wird. So sollte kein Kind aufwachsen. Mit einem abwesenden Vater und einer traurigen Mutter.« Opa schaut mich an. »Sobald sie alt genug war, ist Lily ausgezogen.« Opa schweigt wieder. Charles knibbelt an ihrem Ohr herum. Ich lasse einfach die Worte in mich einsickern und versuche, zu verstehen, was sie mit mir zu tun haben. Es ist alles gleichzeitig, weit weg, wie eine Geschichte, die einen selbst nicht betrifft, und gleichzeitig ganz nah. »Dann brachte mich Emilio ins Krankenhaus und dort haben sie Lily angerufen. Weil sie als mein Notfallkontakt in meinen Unterlagen stand. Sie war nicht gerade begeistert davon, mich zu sehen. Ganz und gar nicht. Hat mich kaum angeschaut. ›Nur eine Brandwunde?‹, hat sie gefragt und warum sie deshalb überhaupt kommen sollte. Allerdings war sie sehr erfreut, Emilio zu sehen. Als die beiden sich begegneten, hätte selbst der unempfindsamste Mensch die Veränderung in der Luft spüren können. Magischer als die Magie eines Zauberers.« Ich versuche, mir die beiden vorzustellen. Den Mann von dem Foto und eine junge Lily und wie sie einander sofort mochten.

»Na ja.« Opa wischt mit der Hand durch die Luft, als würde er eine Fliege verjagen wollen. »Die beiden wohnten für eine Weile zusammen. Ich entschied mich, ins Altersheim zu gehen. Ich hatte kein Zuhause mehr, und meine Tochter wollte mich nicht bei sich haben, was ich gut verstehen kann.« Während er geredet hat, ist Opa in sich zusammengesunken. Ganz bucklig sitzt er jetzt da, selbst der Zylinder auf seinem Kopf scheint irgendwie geschrumpft. Die Sonne knallt uns auf die Köpfe und mir ist unendlich warm.

»Warum bist du nicht zu einem anderen Zirkus gegangen?«, fragt Charles.

»Das habe ich mich auch schon manches Mal gefragt. Ich denke, ich konnte damals einfach nicht mehr klar denken. Ich wusste nicht, wo ich hingehörte.«

»Was war mit Marie?«, fragt Charles.

»Sie ist einfach so verschwunden. Gustavs Mutter hat mir davon erzählt, als ich noch im Krankenhaus lag. Spurlos. Ich weiß bis heute nicht, was mit ihr geschehen ist.«

»Du hast beide Lieben verloren«, sagt Charles und legt Opa die Hand auf den Arm.

»Ja«, sagt Opa, und ich denke an Mama, die sagt: »Als Oma verschwunden ist, ist Opa durchgedreht.« Langsam verstehe ich, was das genau bedeuten soll. Auf andere Fragen habe ich noch keine Antworten. Was ist dann mit Lily und Emilio passiert? Wieso haben sie sich getrennt? Aber ich frage nicht weiter nach, weil Opa nach seiner Rede aussieht wie ein Fahrradschlauch, aus dem alle Luft entwichen ist. Seine Finger fahren wie automatisch durch das staubige Kaninchenfell, er blickt auf den See.

»Istanbul«, flüstert Charles auf einmal, ihr Handy in der Hand.

Was? Ich halte meins darüber.

»Dein Vater ist in Istanbul.«

Woher weißt du das?

Sie hält mir ihr Handy hin. Der Facebook-Messenger ist offen. Dario Muranelli hat geschrieben: »Hallo, Charles.

Als ich vor zwei Jahren das letzte Mal von Emilio hörte, schrieb er mir, er arbeite jetzt auf dem Großen Basar in Istanbul. Wo genau, hat er nicht erwähnt. Viel Glück bei eurer Suche.«

Bis ans Ende dieses Kontinents hat es meinen Vater also verschlagen. Dass Istanbul halb auf europäischer, halb auf asiatischer Seite liegt, weiß ich aus der Schule. Ein paar Kinder aus meiner Klasse fahren jedes Jahr hin, weil ihre Verwandten da wohnen. Feri hatte einmal eine Nike-Mütze, die alle supergut fanden. »Ist aus Istanbul«, hat er gesagt, »nächstes Jahr bring ich euch allen welche mit.« Hat er dann aber nicht.

Glaubst du, das stimmt?, schreibe ich Charles. Sie nickt.

»Warum sollte der uns anlügen? Klar stimmt das. Was sagst du, Joseph?« Opa schaut sie verdattert an, dann schüttelt er sich.

»Istanbul ist ganz schön weit weg«, sagt er, »noch viel weiter als das hier.« Er schaut auf das Kaninchen. »Egal«, sagt er dann, »man lebt nur einmal.«

»Yolo nennen wir das heute«, sagt Charles.

»Aha. Yolo!«, sagt Opa und steht auf. »Kommt«, sagt er, »es liegt ein langer Weg vor uns.«

SECHZEHN

Es knallt und rumpelt.

»Oh, oh«, sagt Opa.

»Fuck. Das hört sich nicht gut an«, sagt Charles, die von dem Rumpeln wach geworden ist. Es ist mitten in der Nacht. Opa biegt von der Straße auf einen Schotterplatz ab. Wir steigen aus.

»Zappenduster«, sagt Charles, »ich glaube, das ist gemeint, wenn man das sagt.« Sie wedelt mit den Armen rum und meint damit wohl die alles verschluckende Dunkelheit.

»Hat jemand eine Taschenlampe?«, fragt Opa, und das wäre jetzt der Moment meiner Nachttischlampe, ihr großer Auftritt, zumindest, wenn es hier Steckdosen gäbe.

»Ich«, sagt Charles. Sie klettert zurück in den Bus und kommt leuchtend wieder heraus. Sie richtet das Licht auf die Reifen des Busses.

»Das sieht schlecht aus«, sagt Opa, »die Reifen. Kannst du auch Autos reparieren?«

»Nein«, sagt Charles.

»So können wir nicht weiterfahren«, sagt Opa.

Ich drehe mich im Kreis und lausche auf den knirschenden Kies unter meinen Füßen.

»Scheiße«, sagt Charles irgendwann und damit trifft sie die Sache verdammt gut. *Scheiße*. Ich lasse mich auf den Boden fallen, Charles neben mir. Opa geht auf und ab. Ich starre in den Himmel, so viele Sterne habe ich noch nie gesehen, es ist, als wäre das ein anderer Himmel, eine andere Nacht.

»Es ist, als wäre das Universum gegen uns«, sagt Opa, »als wollte es verhindern, dass wir Emilio finden.« Ich reibe an der Kette von Charles' Mutter, nur für den Fall, dass Opa recht hat.

»Meine Mutter sagt immer, das Universum ist nicht gegen einen, solange man nicht gegen sich selbst ist«, sagt Charles. Sie sammelt ein paar Steine mit der Hand und schnippst sie ins Dunkel. »Also, ich bin total dafür, dass wir Emilio finden, schon die ganze Zeit. Ich will echt überhaupt nichts mehr als das. Wenn ich daran denke, wie wir ihn aufspüren, tanzt mein Herz schon mal einen Freudentanz. Ich funke nur Gutes für diese Mission ans Universum. Aber was ist mit euch?«

Was funke ich ans Universum? Macht mein Herz einen Freudentanz? Es macht sich eher in die Hose, wenn ich daran denke, wie ich vor Emilio stehe. Ich habe mir immer gewünscht, meinen Vater zu treffen. Aber hat er sich das auch gewünscht? Was wird er von diesem Kind halten, das seine großen Ohren hat?

Er hat mich ja nie gesucht, denke ich zu Agatha, *ich habe jetzt schon so viele Menschen nach ihm gefragt, aber er wahrscheinlich keinen einzigen nach mir. Vielleicht will er mich gar nicht sehen.*

Eigentlich hat ja eher Charles gefragt, sagt Agatha, *du redest schließlich mit einer Wasserpflanze.*

Mein Vater wird denken, ich bin verrückt, denke ich zu ihr.

Vielleicht. Vielleicht wird er auch wahnsinnig stolz sein. Vielleicht ist er auch selbst verrückt. Oder wir finden ihn nie. Man kann es nicht wissen, sagt Agatha, *das ist doch eigentlich auch beruhigend.*

Ich funke Aufregung ans Universum, tippe ich. Charles liest und nickt.

»Das ist okay«, sagt sie.

Opa setzt sich vor uns und schaut uns an. Sein Gesicht leuchtet weiß wie der Mond. Er knetet seine Hände.

»Das ist alles meine Schuld«, sagt Opa. »Ich blockiere das Universum.«

»Aber warum denn?«, fragt Charles.

»Ich habe Angst, auf Emilio zu treffen«, sagt Opa, »ich wünsche mir manchmal, er würde nicht auftauchen. Ich will nicht, dass diese Reise vorbei ist. Ich will nicht für den Rest aller Zeiten in diesem beigen Zimmer sitzen und nichts tun.«

»Und zweitens?«, fragt Charles.

»Ich kann ihn nicht besonders gut leiden«, sagt Opa. Er schweigt. Er schaut mich an. »Tut mir leid, Gustav«, sagt er, »ich weiß, er ist dein Vater.« Er schweigt wieder. Ich spüre einen Schauder im Nacken. »So ruft sich der Tod ins Gedächtnis, sagt man bei uns dazu«, hat Nadiah immer gesagt, wenn es mich oder Lily oder sie selbst kurz geschüttelt hat.

»Er hat mich immer zu sehr an mich selbst erinnert, als dass ich es gutheißen konnte, dass er der Mann meiner Tochter ist. Es war nicht, weil ich ihn als Mensch nicht mochte. Es war nur …« Opa unterbricht sich wieder. »All das Unglück im Leben meiner Frau und meiner Tochter, das ich ausgelöst habe, weil ich so war, wie ich war.«

»Meine Mum sagt immer, man kann nicht ändern, wie man gewesen ist, aber wie man sein wird«, sagt Charles.

Opa nickt. »Ich versuche es gerade«, sagt er.

»Manchmal glaube ich, wenn meine falschen Entscheidungen, meine Vorurteile nicht gewesen wären, dann würden wir jetzt nicht hier sitzen. Mitten in diesem Nirgendwo. Mitten in der bulgarischen Nacht. Ich habe Emilio damals nahegelegt, Lily zu verlassen, sollte er es nicht ernst meinen. Sich die ganze Sache sehr gut zu überlegen.« Auf einmal fühlt es sich an, als bekäme ich keine Luft mehr. Ich stehe auf, ich drehe mich um, ich gehe. Erst langsam, dann fange ich an zu laufen, ist mir egal, ob ich falle, weil ich den Boden nicht sehe. Ist mir alles egal. Ich weiß nichts über niemanden. Über Lily, über Emilio, über diesen Clown namens Opa, über mich – nichts. Dann falle ich wirklich und es tut scheißweh. Steine rammen sich in meine Handflächen und meine Knie, die sofort anfangen zu brennen, mein Gesicht knallt auf den Boden. Ich bleibe einfach liegen und atme Staub ein. Bulgarischen Scheißstaub. Noch mehr als meine Knie brennen meine Tränen, aber immerhin kann ich sie mit der Zunge auffangen und so etwas gegen meinen trockenen Mund machen.

»Gustav! Gustaaaaaav.« Charles' Stimme durchschneidet die Nacht. Ich will niemanden sehen. Ich werde einfach hier liegen bleiben, bis ich mit dem Boden verschmelze. Später mal werden Leute hierherfahren und sie werden sagen: »Hier ist der Junge mit dem Boden verschmolzen, der nie einen Vater hatte und dafür einen Opa, der ein Lügner war.« Und sie werden kurz dastehen und mich bedauern und sich heimlich freuen, dass sie es besser haben in ihren Leben, und dann werden sie weiterfahren mit ihren Autos, die natürlich nicht kaputtgehen.

»Gustav!« Ich hebe meinen Kopf, dann lege ich ihn wieder ab.

»Gustav, scheiße, Gustav.« Charles stolpert über mich, dabei tritt sie mir ein bisschen in die Seite. Danke, Universum, wenn das deine Antwort ist, dann hätte ich echt nie fragen sollen, du hast da wirklich was falsch verstanden. Charles stolpert, aber sie fällt nicht hin, irgendwie schafft sie es, sich gerade zu halten.

»Gustav, ey.« Sie legt mir die Hand auf den Rücken. »Geht's dir gut, willst du aufstehen?« Ich schüttle den Kopf.

»Komm schon. Ich weiß, dass ist eine richtig fiese Angelegenheit. Fiese Angelegenheiten sind dazu da, damit man sich durchbeißt. Durchbeißen macht stark. Deswegen kaue ich auch immer so viel Kaugummi. Zum Training.« Ich bewege mich nicht. »Du hast jetzt natürlich vorher nicht mit Kaugummikauen trainiert. Aber es geht auch so. Es gibt immer einen Weg, Gustav.«

»Du musst echt mal deine Klappe halten.«

»Das ist jetzt das Erste, was du jemals zu mir sagst? ›Du musst echt mal deine Klappen halten‹?«

»Ich hab' keine Lust mehr. Ich will wirklich einfach nur meine Ruhe. Mir ist das alles zu viel« Die Worte fühlen sich seltsam an, fremd in meinem Mund, und während sie rausfallen, merke ich, wie viel mehr da noch ist. Als hätte sich alles in mir aufgestaut, seit ich Lily gesagt habe, ich werde nicht mehr reden.

»Das ist gemein.« Charles zieht ihre Hand wieder zurück.

»Weißt du, was gemein ist? Wenn der eigene Opa einen anlügt. Weißt du, was noch gemein ist? Dass ich einfach nur eine Familie haben wollte. Eine richtige. Und es ist Opas Schuld, dass ich keine habe.« Ich schlage mit der Hand auf den Boden, was wieder höllenweh tut. »Das alles hier war die dümmste Idee aller Zeiten. Wir haben doch gar keine Ahnung. Nicht von meinem Vater. Nicht von meiner Mutter. Und auch nicht von meinem Opa. Er ist ein verwirrter, lügender alter Mann. Wir wären fast erschossen worden. Das ist doch alles irre. Du bist total irre.«

»Idiot«, sagt Charles. »Es ist ja an sich echt cool, dass du wieder redest. Aber besser wäre gewesen, du hättest nichts gesagt. Weil man jetzt erst mal merkt, dass du nichts kapierst. Dass du sogar ein richtiger Trottel bist. Wir haben doch schon tausend Mal mehr Ahnung als am Anfang dieser Reise. Und klar ist es nicht immer leicht. Ich weiß genau, wie das ist mit schwierigen Eltern und so. Außerdem gehen Abenteuer nie so easy-peasy. Ist doch klar. Und du weißt doch überhaupt nicht, woran dein Opa schuld ist oder nicht. Vielleicht haben deine Eltern sich auch aus ganz anderen Gründen getrennt. Und seine Familie kann sich niemand auf dieser Welt aussuchen, okay? Man kann nur das Beste daraus machen. Oder Freunde finden, die einem zur Familie werden. Und ich bin jetzt hier, um dich vor bulgarischen Bären zu beschützen, nicht dafür, deinen

Frust abzukriegen, der sich eigentlich gegen wen anders richtet. Ich bewache dich, damit du nicht gefressen wirst. Und weil es leichter ist, zu zweit traurig zu sein, als alleine.« Ich drücke mein Gesicht noch ein bisschen mehr in den Staub, so eine riesengroße Scheiße. Sollen die bulgarischen Bären mich doch fressen. Ich atme noch ein paar Mal Staub ein. Ich denke an den letzten Schultag. Wie Lily und der Mann den Urlaub geplant haben. An den Anfang der Sommerferien. Wie ich neben Frau Nowak sitze. Ich könnte jetzt auch im Bett liegen, nachdem ich den ganzen Tag am Kanal gesessen und darüber nachgedacht hätte, ob die Schiffskapitäne meine Väter sind.

»Tut mir leid«, sage ich und drücke mich hoch. Ich wische mir mit dem Arm Staub aus dem Gesicht.

»Schon okay«, sagt Charles, »kann mal passieren. Wollen wir wieder zurück?« Ich nicke. Charles stiefelt vor, ich hinterher. Und was ist, wenn doch alles gut wird?

»Ich glaube, wir sind nicht mehr alleine«, sagt Charles. Sie bleibt stehen und wartet, bis ich die paar Schritte aufgeholt habe. Sieht ganz so aus, als wären noch ein paar andere durch das gleiche Schlagloch gefahren wie wir. Fünf weitere Autos haben sich zu unserem hinzugesellt und aus dem einsamen Platz irgendwo im Nichts ist ein sehr voller Platz irgendwo im Nichts geworden. Autoscheinwerfer leuchten, Leute laufen um ihre Autos, zwei alte Frauen sitzen auf Campingstühlen, ein kleines Mädchen guckt aus nur halb geöffneten Augen in die Gegend, als müsse sie die Situation erst mal erfassen, Grüppchen beugen sich zu den Autoreifen, begutachten sie und unterhalten sich dabei lautstark, vielleicht diskutieren sie, was zu tun ist. Jemand hat einen Grill aufgestellt und ein Feuer gemacht, anscheinend freunden sich die Ersten damit an, die restliche Nacht hier verbringen zu müssen. Opa sitzt auf dem Boden mit dem Rücken an den Bus gelehnt, die Beine angezogen, den Kopf zwischen den Knien. Ich gehe zu Opa, Charles hinter mir, ich hocke mich vor ihn hin, Opa hebt den Kopf.

»Gustav!« Ich lege ihm die Hände auf die Arme, jede Hand auf einen Arm.

»Es tut mir wirklich leid«, sagt er, »das war alles, bevor ich wusste, dass Lily mit dir schwanger war.«

»Ist schon okay, Opa«, sage ich, »jetzt machen wir ja diese Reise.«

Opa nickt und versucht ein Lächeln. Ich nehme ihn in den Arm. Ich lege meine Wange an seine stoppelige Pergamentwange, er riecht nach Sommer und Schweiß und Opa, und ich weiß nicht, ob ich nicht noch sauer bin, ich weiß nicht, was ich von all dem halten soll, aber ich weiß, dass es jetzt das ist, was ich machen will, Opa in den Arm zu nehmen.

»Ich bin so stolz auf dich, du kannst es dir nicht vorstellen«, sagt Opa und umarmt mich auch, und so sitzen wir dann eine Zeit lang in dieser Nacht und halten uns fest, als würde das alles besser machen, und irgendwie macht es das auch.

»Okay«, sagt Charles, »das ist ja alles echt rührend, ehrlich herzergreifend, mir ist ganz warm davon, aber wir haben immer noch zwei kaputte Reifen.« Ich stehe auf und schaue mich um. Es sind noch zwei neue Autos hinzugekommen, eine Traube Menschen steht um einen alten BMW herum. Ich gehe hin, um zu sehen, was sich alle angucken. Da hocken zwei Typen auf dem Boden und werkeln an dem Reifen, sie reparieren ihn wohl, andere halten Taschenlampen, damit genug Licht ist.

»Mehr Glück als Verstand«, sagt eine Frau neben mir, »dass ausgerechnet zwei Mechaniker auch eine Panne haben, das glaubt uns doch niemand hinterher.«

»Ich habe ja gesagt, wir sollten fliegen«, sagt der Mann neben ihr.

»Fliegen, fliegen, meine Eltern sind früher auch nicht mit uns geflogen. Die Strecke gehört dazu, sie gibt der Seele Zeit, um mitzureisen. Und du siehst, es fügt sich alles, şükür.«

»Hast du das gehört?«, fragt Charles, die schon wieder einfach hinter mir steht. Wie macht sie das nur? Alles an ihr ist laut, außer, wenn sie sich bewegt, dann schleicht sie wie eine Katze.

»Jetzt ist das Universum besänftigt. Es kann weitergehen«, sagt sie.

Die beiden Mechaniker erklären sich bereit, alle Autos zu reparieren, und das machen sie dann auch, Auto für Auto für Auto. Während sie das tun und von einigen Unterstützung bekommen, setzen Charles und ich uns mit ein paar anderen ans Feuer.

»Am Feuer sitzen ist so ein Ding auf dieser Reise«, sagt Charles.

Jemand kocht Wasser auf einem Campingkocher und gießt Tee und Kaffee auf. Ich esse ein Käsebrot, das mir eine Frau vorhin in die Hand gedrückt hat.

»Du hast bestimmt Hunger, du musst was essen. Maşallah«, hat sie gesagt und so nett gelächelt und ich habe zurückgelächelt.

»Wie geht es dir? Besser?« Ich nicke.

»Gut«, sagt Charles, »dann kannst du mir ja was von deinem Brot abgeben.« Wir essen also Brot und gucken den Erwachsenen dabei zu, wie sie ein Lager aus Decken und Kissen, Isomatten und Kleidungsstücken rund um das Grillfeuer bauen. Weil die meisten zu müde sind, um weiterzufahren, werden wir den Rest der Nacht hier gemeinsam verbringen. Opa schläft im Auto, Charles und ich auf dem Boden neben dem Feuer.

Die Geräusche werden langsam weniger, das Reden

klingt gedämpfter, einige schlafen schon. Charles liegt neben mir und wir gucken in den Himmel.

»Ich frage mich, was meine Eltern gerade machen«, sagt Charles, »wie es ihnen so geht. Ob Mamas Energiefluss wieder in Ordnung ist und ob Papa schon komplett durchgedreht ist. Nächstes Mal nehme ich sie mit. Ich glaube, das würde ihnen auch gefallen, und vielleicht würden sie dann auch mal auf andere Ideen kommen, weißt du. Vielleicht wären sie kurz mal wieder richtig glücklich.« Ich weiß, was sie meint, ich habe das Gleiche wegen Mama überlegt. Ich hätte sie gerne hier bei mir. Vielleicht würde es ihr guttun, hier zu liegen und in den Sternenhimmel zu schauen und festzustellen, dass sie, genau wie ich, kein einziges Sternbild außer dem Großen Wagen kennt. Vielleicht war das auch das, was der Mann sich dachte, als er sie in den Urlaub eingeladen hat. Ich taste nach Charles' Hand, nehme sie, drücke zweimal und dann halte ich sie einfach fest. Weil es sein muss. Wegen Oktopussen aus Automaten, Zaubereiläden, verrückten Magiern und Schüssen, wegen Staubfressen und bulgarischen Bären und deswegen, weil man manchen Menschen zu manchen Zeitpunkten eben einfach die Hand halten muss. Weil es sich richtig anfühlt und weil es alles sagt, was sonst nicht gesagt werden kann, selbst wenn man spricht.

SIEBZEHN

Es rumpelt in meinem Kopf bei jedem Loch in der Straße. Ich sitze ans Fenster gelehnt und schaue nach draußen. Charles sitzt vorne neben Opa und kämmt das Kaninchen mit meiner Haarbürste. Wir haben ihm in einem Supermarkt Möhren und Petersilie und Äpfel gekauft, nachdem wir heute Morgen gemeinsam mit allen anderen vom Schotterplatz abgefahren sind. In einer hupenden Autokolonne. Lauter staubige Autos, manche mit einem Berg Gepäck auf dem Dach, andere innen drin bis oben hin vollgepackt. Alle haben sich gewunken und gelacht, und dann haben wir uns langsam verloren, weil jeder in seinem eigenen Tempo weitergefahren ist.

»Was ist das passende Lied für Istanbul?«, fragt Charles Opa.

»*Minor Swing* von Django Reinhardt«, sagt Opa.

»*Sansibar* von Hayiti«, sagt Charles.

»Kenne ich nicht«, sagt Opa.

»Tja«, sagt Charles. Sie schmeißt die Bürste zu mir nach hinten und fängt an, Miffler mit einem Geschirrtuch abzurubbeln. »Das macht das Fell glänzend«, sagt sie. Sie dreht sich zu mir. »Jetzt, wo du wieder redest, Gustav, gibt es nichts, was du mir erzählen willst? Ich meine all das, was du mir bisher vorenthalten hast?«

Ich zucke mit den Schultern.

»Verstehe«, sagt Charles, »lass dir Zeit.«

Ich stecke mir ein Milchbrötchen in den Mund. Neben mir liegt ein ganzer Haufen davon. Der Bus wird immer unordentlicher. Und immer schöner. Hinten das Bett mit Grashalmen drin und Staubflecken auf den Decken. Charles' Klamotten von gestern liegen darauf und das Handtuch, mit dem sich Opa heute Morgen abgetrocknet hat. Wir haben einen Kanister mit Wasser, den wir als Dusche benutzen. An den Fenstern hinten hängen Äste, an die Charles mit einer Schnur andere Äste und Tannenzapfen und Steine gebunden hat. Sie wirbeln bei der Fahrt hin und her. Draußen ist die Landschaft trocken, nur selten Grün, viel Braun. Hin und wieder werben Schilder für Hotels in der Nähe. Ich zähle die Bäume. Dann vergesse ich, wie viele ich schon gezählt habe, und mache kurz die Augen zu. Ich höre, wie Charles zu Opa sagt, dass dieses Kaninchen wirklich speziell sei. Ich höre, wie Opa davon erzählt, als er Miffler immer in seinem Zylinder hat verschwinden lassen. Und Charles sich wundert, weil Zaubertricks doch nicht Clownssache seien. Und wie Opa sie ermahnt, nicht so engstirnig zu denken. Und ganz kurz, bevor ich einschlafe, höre ich noch, wie Opa zu Charles sagt: »Es sind noch vier Stunden bis Istanbul.«

Reisefundstücke:

- Ein überfahrenes Papierboot (Ich deute das als ein schlechtes Omen, aber Charles nimmt es mir aus der Hand, pustet den Staub weg – oder versucht es –, zieht es auseinander und sagt: »So. Hier. Das ist kein schlechtes Zeichen, sondern eine Lektion darüber, erst mal nach einer Lösung zu suchen, bevor man alles verloren gibt.«)
- Einen Fingerhut (Ich finde ihn neben einer Zapfsäule, und erst wusste ich überhaupt nicht, was das ist, und dachte dann, das ist ein Teil des Autos, dann habe ich es Opa in die Hand gedrückt, und er: »Was soll ich mit einem Fingerhut, ich habe nicht vor, mir in nächster Zeit etwas zu nähen.« Jetzt weiß ich, was es ist, und ich bin beruhigt, dass das Auto nicht anfängt, auseinanderzufallen.)
- Eine Feder
- Eine Perle (Ich schenke sie Charles, die sie sich in ihre Haare flechtet.)
- 10 Kronkorken
- Einen Plastikring (bei dem der Stein abgebrochen ist)

- Eine Packung Streichhölzer
- Einen Pommes-Piker (Was seltsam ist, denn nirgendwo in der Nähe von diesem Fund gab es Pommes. Kilometerweit keine Pommes.)
- Ein Radiergummi (kaum benutzt)
- Ein Gewürzstreuer (Mit Inhalt. Opa tippt auf Kräutersalz. Er sagt, Kräutersalz könne man immer gebrauchen. Aber Sammlungsgegenstände werden nicht verwendet.)
- Einen Herzanhänger (Kurz denke ich darüber nach, ihn Charles zu geben, aber das wäre echt zu viel des Guten.)

ACHTZEHN

Das Erste, was ich sehe, sind die Palmen. Sie wachsen im Mittelstreifen der Straße. Oder das stimmt nicht. Das Erste sind die roten Flaggen an weißen Wohnblöcken. Oder das stimmt nicht. Das Erste sind die vielen Autos. Oder das stimmt nicht. Das Erste sind die vielen bunten Werbeplakate. Oder das stimmt nicht. Das Erste sind die spitzen Türme am Horizont. Oder das stimmt nicht. Es gibt keinen Horizont. Es gibt nur mehr und mehr und mehr Häuser. Oder alles stimmt. Istanbul ist wie Berlin. Nur mal hundert. Und doch ganz anders. Es ist größer, lauter, heller, voller, es ist dreckiger, bunter, aufregender. Und es hat mehr Palmen. Viel mehr Palmen. Wir stehen an einer Haltestelle und warten auf einen Dolmuş. Opa hat irgendwann gesagt, wenn er noch eine Sekunde länger in dem Verkehr fahren muss, dann geht es schneller zu Ende mit ihm, als wir gucken können. Das Auto haben wir dann in einer Seitenstraße abgestellt, neben einem halb fertigen Haus, das so aussah, als wäre es schon sehr lange halb fertig und mittlerweile vergessen worden. Ich habe mir den

Straßennamen notiert, damit wir den Bus später wiederfinden.

»Der Dolmuş fährt wie ein Bus auf festgelegten Strecken, aber es gibt keine richtigen Haltestellen, man kann aussteigen, wo man will, man muss es dem Fahrer nur vorher sagen und bezahlt dann den Preis nach Strecke«, liest Charles uns von ihrem Handy vor.

Agatha steckt in meinem Rucksack in einer Wasserflasche mit extra breiter Öffnung, in die ich sie umgefüllt habe, damit sie mitkommen kann. Charles hat Vida an ihren Rucksack gebunden, ihre langen Armen baumeln nach unten und reichen fast bis auf den Boden und Opa hat für Miffler ein Tragetuch gebastelt. Einen Schal, den er sich um den Oberkörper geschlungen hat und in dem das Kaninchen jetzt abhängt.

»Das müsste er sein«, sagt Opa und zeigt auf ein Ding, das irgendetwas zwischen Auto und Bus ist. Wir steigen gemeinsam mit drei anderen ein, sagen dem Fahrer unser Ziel, bezahlen und setzen uns auf die wenigen Plätze. Wir fahren vorbei an Hochhäusern und alten Gebäuden, an Geschäften und Straßenhändlern, wir fahren vorbei an Fußballplätzen, auf denen Kinder spielen, und an Männern, die vor ihren Häusern an Tischen sitzen und Karten spielen, wir fahren vorbei an Ruinen, Cafés, Moscheen und Touristengruppen und Supermärkten. Dann ist da plötzlich das Meer. Es taucht einfach so auf, als wäre es bloß die Spree oder so etwas, aber es ist das Meer. Es schmiegt sich an die Stadt, als wäre es in sie verliebt. Möwen kreisen, das Wasser reflektiert die Sonne, und ich denke, dass ich nie wieder auf die Spree werde gucken können, ohne den Bosporus zu vermissen. Wir steigen aus.

»Das ist doch tausendmal besser als die Uckermark«, sagt Charles und lacht. Mittlerweile hat sie so viele Sommersprossen, dass ich das Zählen aufgegeben habe, es ist, als würden sekündlich neue dazukommen.

»Habt ihr Hunger?«, fragt Opa und deutet auf eine kleine Seitengasse neben dem großen Basar, in der er Essen zu vermuten scheint. »Ich will in jedem Fall türkischen Mokka.«

»Ich glaube, wenn ich anfange, türkischen Mokka zu trinken, kann ich fliegen«, sagt Charles.

Ich nicke.

»Also gut, verliert einander nicht aus den Augen und mich auch nicht, haltet eure Sachen und euch selbst gut fest, und wenn ihr doch verloren geht, Treffpunkt ist immer der Eingang des Bazars, alles klar?«

Man kann hier bestimmt leicht verloren gehen. In der Gasse drängen sich Menschen. Da ist ein junger Mann, der in jeder Hand drei volle Plastiktüten trägt und gleichzeitig mit seinem Handy telefoniert, das er zwischen Schulter und

Ohr geklemmt hat. Da ist eine Frau mit gelbem Kopftuch, die ein Netz voller Orangen in der einen und ein Kind an der anderen Hand hat. Das Kind will stehen bleiben, weil es etwas auf dem Boden entdeckt zu haben scheint, aber die Mutter zieht es weiter. Da sind zwei Männer, die mit ausladenden Gesten diskutieren. Fast trifft einer der beiden eine Frau, die vorbeigeht, mit seinem Handrücken im Gesicht. Im letzten Moment weicht sie aus. Ohne stehen zu bleiben, ruft sie ihm wütend etwas zu. Da ist ein Mann, der etwas auf einer Karte sucht, angerempelt wird und fast das Gleichgewicht verliert. Da ist ein sehr großer Mann, der sich zwischen allen hindurchdrängelt und jemandem, den ich nicht sehen kann, etwas zuruft, das ich nicht verstehe. Da sind so viele Menschen, von denen ich nur einzelne Körperteile sehe, die Füße, eine Hand, ein gereckter Kopf. Manche gehen gemächlich, andere hasten, manche scheinen höflich darum zu bitten, vorbeizudürfen, andere schubsen sich den Weg frei.

»Alles klar«, sagt Charles. Ich nicke, aber das sieht Opa gar nicht, weil er schon auf die enge Gasse zusteuert.

»Schnell hinterher«, sagt Charles. Zum Glück ragt Opas Zylinder wie ein Erkennungszeichen über die meisten Köpfe hinweg.

Wir schlängeln uns an lauter kleinen Läden vorbei, die keine richtigen Läden sind, eher Marktstände. Markisen schützen die Waren und uns vor der Sonne. Es gibt Fleisch, ganze Keulen und Hühner und Würste baumeln da kopfüber von der Decke. Es gibt Fisch auf Eis und riesige Käseblöcke, die der stärkste Mann nicht anheben könnte. Es gibt Oliven in unterschiedlichen Farben und mit unterschiedlichsten Füllungen. Es gibt Gewürze auf großen Haufen, gelb und rot und grün. Es duftet nach hundert Dingen. Mein Kopf wird ganz kribbelig davon. Es gibt Obst und Gemüse und Fladenbrote, ganz dünne, flache und ganz dicke, es gibt große und kleine, mit und ohne Sesam, und überall preisen Menschen ihre Waren an. Die Leute suchen sich Waren aus und fangen an zu feilschen und wieder andere wiegen alles ab und packen es in Tüten.

»Hier«, sagt Opa und bleibt stehen. Neben ihm stapelt sich hinter einem Tresen Kaffee in quadratischen Päckchen aus braunem Packpapier in ganz verschiedenen Größen. Einige Menschen trinken Kaffee, andere kaufen die Päckchen. Vor uns stehen ein alter Mann und eine alte Frau, er sagt etwas zu ihr, sie schüttelt den Kopf.

Neben mir steht ein junger Typ mit braunen Locken, sie sehen aus wie die von Camilla, neben ihm eine junge Frau, die einen unordentlichen Dutt auf dem Kopf und zwei Kameras umhat. Die beiden sind wohl ungefähr so alt wie Lily. Ein bisschen jünger vielleicht.

»Oh Mann«, sagt er und ich werde sofort hellhörig, die eigene Sprache sticht aus dem Stimmgewirr hervor, »so was tut mir immer richtig leid. Die wollten sich ein Paket Kaffee kaufen, aber die können sich das nicht leisten.«

»Wir können ihnen doch eins von unseren schenken«, sagt die Frau. Er nickt und zieht ein Paket aus seinem Jutebeutel, tippt den Mann am Arm an, der dreht sich zu ihm um und dann wechseln sie ein paar Worte auf Türkisch, dann gibt er ihm das Paket und beide lächeln.

»Wollen wir hochgehen, einen Kaffee trinken?«, fragt der Lockenkopf die Frau, sie nickt und die beiden gehen am Tresen vorbei zu einer kleinen Treppe am Ende des Verkaufsraumes. Ich zupfe Charles am Ärmel und Opa auch, dann gehe ich den beiden hinterher. Oben ist ein kleiner Raum mit fünf Tischen, auf denen bunte Plastikblumen in weißen, verschnörkelten Blumentöpfen stehen. Ich setze mich, obwohl alle anderen Tische frei sind, zu den beiden an den Tisch. Charles und Opa bleiben etwas irritiert stehen.

»Dein Enkel ist jetzt endgültig durchgeknallt«, flüstert Charles so laut, dass wir es alle hören können, und bufft Opa in die Seite.

»Hallo«, sage ich.

»Hallo«, sagen die beiden.

»Ich habe da eine Frage«, sage ich, »kommt euch jetzt

vielleicht komisch vor, aber ich suche meinen Vater, hier in Istanbul, und ich brauche jemanden, der Türkisch sprechen kann«

»Du bist Gustav, oder?«

»Woher weißt du das?«, frage ich.

»Ach, das war halb geraten. Ich hatte da nur vor Kurzem so einen Traum.« Sie lächelt. »Ich bin Mila. Das ist Umut.« Sie deutet auf den Lockenkopf. Mila trägt drei Ketten, zwei Fuß- und fünf Armbänder. Sie hat sehr große Augen und eine kleine Nase mit einem Piercing auf der linken Seite. In ihren Ohren entdecke ich vier Löcher. Drei auf der einen, eins auf der anderen Seite.

»Hi«, sagt Umut, »also von mir aus können wir gerne helfen.«

»Wir helfen auf jeden Fall«, sagt Mila. »Was konntet ihr denn schon herausfinden?« Jetzt setzen sich auch Opa und Charles.

»Ich habe ganz vergessen, mir einen Mokka zu bestellen«, sagt Opa dann.

»Ich mach das«, sagt Umut.

»Und vier Sesamringe«, ruft Charles ihm nach. »Ich habe so einen Hunger, ihr glaubt es nicht.«

Umut nickt, steht auf und geht nach unten.

»Also«, sagt Charles, »wir kennen seinen Namen und wir haben ein altes Foto, Gustav, zeig das doch mal, und wir wissen, dass Gustavs Vater mal auf dem großen Bazar gearbeitet hat.«

»Und wann war das?«

»Das wissen wir nicht so genau. Wir wissen auch nicht, ob er noch dort arbeitet. Aber wir hoffen es.«

»Okay«, sagt Mila. Ich ziehe das Foto aus meiner Hosentasche und reiche es ihr.

»Dein Papa war wohl beim Zirkus.« Ich nicke.

»Cool«, sagt Mila. Ich nicke noch mal, ja, wirklich cool eigentlich.

»Also gehen wir jetzt auf den großen Bazar?«

»Direkt nach dem türkischen Mokka«, sagt Opa, der den Kaffee gut gebrauchen kann, weil er nämlich ein bisschen blass aussieht, aber das kann auch am Licht hier liegen, an den Neonröhren, die hier drinnen an sind, trotz der knallenden Sonne draußen.

»Wir gehen auf den Bazar? Diesmal versuche ich aber nichts mehr runterzuhandeln.« Umut stellt lachend ein kleines silbernes Tablett mit drei kleinen Tassen Kaffee ab. »Das war letztes Mal nicht besonders erfolgreich.«

»Gar nicht, eigentlich. Dabei kannst du das zu Hause auf Flohmärkten so gut.«

»Die sind leichter weichzukochen. Die Verkäufer hier sind knallhart.« Ob mein Vater auch stahlhart ist? Ich werfe einen Blick aus dem Fenster, drüben sieht man die hohen, alten Wände des großen Bazars. Irgendwo da drinnen ist er vielleicht, Zirkus-Handwerker, Bazar-Verkäufer, große Liebe, Freund, Vertriebener und mein Vater. Ich trommele mit meinen Fingern auf den Tisch.

»Uah«, macht Mila, schüttelt sich und stellt die Tasse ab. Unten hat sich der Kaffeesatz gesammelt. Ich deute darauf.

»Türkischen Mokka gießt man direkt in der Tasse auf. Kein Filter oder so etwas. Das setzt sich dann alles am Boden ab.« Ich nicke.

»Was macht ihr denn eigentlich hier?«, fragt Charles.

»Wir besuchen meine Familie, zumindest einen Teil«, sagt Umut.

»Und wir gucken uns Istanbul an«, sagt Mila, »ich bin nämlich zum ersten Mal hier.«

»So wie wir eigentlich«, sagt Charles, »also das mit der Familie.«

»Fast«, sagt Mila.

»Lokum?«, fragt Umut und hält uns eine weiße Pappschachtel mit goldener Schrift hin, in der kleine weiße Süßigkeiten liegen.

»Was ist das?«, fragt Charles.

»Lokum, eine türkische Süßigkeit«, sagt Umut, »aus dem Lieblingsgeschäft meines Vaters. *Haci Bekir*.«

»Gerne«, sagt Opa und nimmt sich ein Stück. Charles und ich nehmen auch welche. Es schmeckt süß und fruchtig und ist sehr weich im Mund und ganz anders als andere Süßigkeiten.

Ich hoffe, der Zucker stabilisiert mein Inneres, denke ich zu Agatha.

Der Mutige ist jemand, der seine Ängste kennt, sagt Agatha und ich muss an Frau Nowak auf ihrer Parkbank denken und wie ich neben ihr sitze. Das kommt mir hundert Jahre weit weg vor.

NEUNZEHN

Vor dem Eingang zum großen Bazar jagt Charles ein paar Tauben. Sie fliegen in die Luft und lassen sich auf dem Dach nieder.

»Jetzt wird es ernst«, sagt Charles.

»Jetzt wird's ernst«, sage ich.

»Los geht's«, sagt Umut und wir betreten die riesige Halle.

Der große Bazar ist wirklich groß und unübersichtlich und wie Istanbul selbst: ein Menschen- und Stimmengewirr, so viele Farben, Gerüche, Geräusche und verschachtelt wie ein Labyrinth. Es dauert keine fünf Minuten, und ich habe das Gefühl, ich könnte alleine nie mehr zum Ausgang finden. Es gibt Seifen zu kaufen und spezielle Handtücher. »Für den Hamam«, erklärt Umut, »das ist wie ein Dampfbad. Nur mit mehr Schaum.« Handtaschen und Rucksäcke, bunte Teller und Tassen, jede Menge Schmuck, bunt gemusterte Lampen. »Oh, die hätte ich gerne«, flüstert Charles jedes Mal, wenn wir an einem Stand vorbeigehen, an dem es welche gibt. Es gibt Gewürze und Süßigkeiten, Sneakers, Teppiche und alte Möbel, Musikinstrumente, Tücher, in Leder gebundene Bücher, Kleider, Duftlampen und Lebensmittel. Immer muss ich Charles weiterziehen oder sie mich, weil wir abwechselnd ins Staunen geraten, ob der Farben und Formen, des Goldes und Silbers, der Gerüche und der Geschichten, die sich vielleicht oder auch nicht hinter den Sachen verbergen. Auch so kommen wir nur langsam voran, weil so viele Menschen hier sind und sich alle im Schneckentempo durch die Gänge schieben. Ich wische mir die schweißnassen Hände an der Hose ab. Ständig sprechen uns die Händler an. Sie nehmen jeden flüchtigen Blick zum Anlass, um einem ihre Sachen anzubieten. Sie versuchen es in den unterschiedlichsten Sprachen. Bei Umut probieren sie es zuerst auf Spanisch, bei Charles und Mila auf Deutsch, bei Opa auf Italienisch und bei mir auf Türkisch. Bei jedem neuen Stand denke ich: Jetzt taucht Emilio gleich auf. Jetzt. Jetzt. Jetzt.

Ich habe Umut das Foto von Emilio gegeben, er zeigt es den Händlern. Sie wechseln ein paar Worte auf Türkisch, dann Schulterzucken, Kopfschütteln, schließlich entschuldigendes Händeheben.

»Hayır« heißt Nein, das lerne ich schnell.

»Nicht die Hoffnung verlieren«, sagt Umut. Wir sind jetzt fünf Mal abgebogen, vielleicht auch sechs oder sieben Mal, die Zahlen schwirren durch meinen Kopf wie die Menschen hier durch die Gänge.

»Gleich passiert es«, sagt er.

»Was?«

»Die Magie.«

Also warte ich darauf. Aber alles, was passiert, sind die gleichen Neins und Kopfschüttler und Händeheber wie vorher auch. Ich werfe Umut einen Blick zu, der so viel bedeutet wie: Das wird wohl nichts mit deiner Magie.

»Du bist eher ein skeptischer Typ, was?«

»Er schwingt schon wieder nicht«, sagt Charles und stößt mir ihren Ellenbogen in die Seite.

»Das wird schon. Schwingen hin oder her.« Umut zwinkert mir zu. Ich reibe ein bisschen an dem Anhänger der Kette von Charles' Mama, nur so, um sicherzugehen. Umut bleibt vor dem nächsten Händler stehen, will gerade etwas sagen, da kommt der ihm zuvor: »Umut?« Umut nickt.

»Er kennt dich?«, frage ich.

»Er hat von uns gehört. Hier verbreiten sich Gerüchte schneller als alles andere.«

Dann folgen wieder jede Menge Wörter, die ich nicht verstehe, dabei scheint der Händler Umut einen Weg zu erklären, er hebt den Arm und weist geradeaus, dann nach rechts und wieder nach rechts.

»Teşekkürler«, sagt Umut.

»Er kennt wen, der wen kennt, der Emilio kennt. Wir müssen da lang. Ich glaube, die Gänge haben ein ganz eigenes Stille-Post-Prinzip.« Im ersten Moment klingt das nach einer guten Sache, im zweiten dann aber gar nicht mehr. Was ist, wenn die Nachricht über seinen Sohn Emilio erreicht, bevor sein Sohn ihn erreicht? Was eigentlich, wenn er mich gar nicht sehen will? Was also, wenn er die Zeit nutzt, um sich durch die Gänge nach draußen zu schlängeln oder sich unter dem Tresen zu verstecken, um mir zu entkommen? Von einem Stand starren mich lauter Augen an, Nazar heißen die, sie sollen einen eigentlich vor dem bösen Blick schützen, aber jetzt gerade sind sie es, die mir einen seltsamen Blick zuwerfen, und zwar gleich mehrere Hundert davon. Ich habe auf einmal ein ungutes Gefühl, als bahne sich etwas an, ein Unglück, irgendwie wird mir mit einem Mal alles zu eng hier drin, und ich denke, vielleicht lassen wir es einfach, vielleicht gehen wir lieber raus, irgendwas sagt mir, dass es besser wäre, umzudrehen und zu gehen. Umut redet mit einem weiteren Mann, der schickt uns zu einem anderen und dann stehen wir vor dem und der nickt und lächelt.

»Er weiß Bescheid«, sagt Umut.

»Emilio«, setzt der Mann an, als Opa plötzlich laut nach Luft schnappt.

»Luft«, ächzt er. Dann fällt er einfach um. Er fällt in

Zeitlupe oder es kommt mir so vor. Ich kann jede Bewegung des Sturzes genau sehen. Wie sich Opas Körper langsam neigt, zur Seite abknickt und er dem Boden immer und immer näher kommt, die Augen geschlossen, und wie er dabei keine Bewegung macht, nicht den Arm hebt, nicht versucht, sich abzustützen oder seinen Kopf zu schützen. Wie er auf seine Schultern und seinen Arm kracht und der Kopf auf den Boden trifft. Wie Miffler verhältnismäßig sanft auf Opa landet und ganz verdutzt dreinschaut. Auf einmal bin ich weg oder alles andere ist weg, ich sehe den Bazar und Opa auf dem Steinboden, als wäre ich unter Wasser. Als würde man durch eine Schiffsluke gucken und versuchen, den Himmel zu sehen. Es gurgelt in meinen Ohren. Mila und Umut beugen sich über Opa und fühlen seinen Puls und lauschen an seiner Nase, und es sieht aus wie das, was man die Menschen im Fernsehen immer machen sieht, in einer diesen Serien, die immer noch läuft, wenn Mama eigentlich schon längst eingeschlafen ist. Nur, dass es jetzt echt ist. Umut schiebt seine Arme unter Opa, seinen Kopf und seine Knie, er hebt ihn hoch, als wäre Opa ganz leicht, und wahrscheinlich ist er das auch, und während er den Gang langgeht, ruft er: »Açıl, açıl, açıl!« Ich schätze, damit sie ihm Platz machen und er so schnell, wie es geht, Opa hier raustragen kann.

»Komm«, sagt Mila. Ich rühre mich nicht.

»Gustav«, sagt Charles. Ich rühre mich nicht.

»Los, kleiner Mann, das wird schon alles«, sagt Mila. Ich glaube ihr kein Wort.

»Ich nehme dich Huckepack, in Ordnung?« Sie geht vor mir in die Hocke. Charles berührt mich sanft an der Schulter und schiebt mich in Milas Richtung. Ich klettere auf ihren Rücken. Sie richtet sich vorsichtig auf und läuft dann Umut hinterher.

Neben uns Charles, die sich an Milas Shirt festklammert, so fest, dass ihre Fingerknöchel ganz weiß werden. Ich schlinge die Arme um Milas Hals.

»Atmen«, flüstert Mila, »einfach weiteratmen. Atmen, das ist die Angst, einfach ruhig weiteratmen, dann geht es gleich wieder.«

Also atme ich, mach die Augen zu, atme und lasse mich einfach tragen.

ZWANZIG

Ich starre gegen das bröckelige Blassblau der gegenüberliegenden Krankenhauswand. Miffler sitzt auf meinem Schoß. Blau ist eigentlich eine schöne Farbe, weil es die Farbe des Wassers ist. Aber das Blau hier ist nicht schön, es ist ganz verwaschen und traurig. Neben mir liegt Charles, ganz klein zusammengerollt passt sie auf einen Stuhl, sie hat Vida im Arm und schläft unruhig. Es ist gut, dass sie schläft. Vorher hat sie die ganze Zeit geweint. Es ist so viel Rotz und Wasser aus ihrer Nase und ihren Augen gelaufen, dass ich dachte, man kann das vielleicht nie wieder stoppen. Eine weinende Charles ist eine seltsame Angelegenheit. Dabei hat sie ständig »Es tut mir leid« gemurmelt.

»Ist okay, ist alles okay«, habe ich ein paar Mal zu ihr gesagt, obwohl ich gar nicht so genau wusste, was sie eigentlich meinte. Wahrscheinlich die Reise und ihre Idee dazu. Aber wir sind ja alle gemeinsam los. »Niemand hat Schuld am Schicksal«, hat Frau Nowak manchmal gesagt. Ich bin müde, kann aber nicht schlafen. Umut und Mila holen sich gerade einen Kaffee aus dem Automaten. Sie haben sich um alles gekümmert. Sie haben uns hergebracht, mit den Ärzten gesprochen und mit Lily. Charles hat ihnen nämlich alles erklärt, dass wir nur mit Opa hier sind und dass meine Mutter gar nichts davon weiß, dass sie denkt, wir wären in der Uckermark, und dass Opa zu Hause in einem Heim lebt und die ganze lange Geschichte. Am Ende hat Mila gesagt: »Okay. Ich glaube, wir rufen Gustavs Mama jetzt am besten mal an. Wenn ihr wollt, kann ich das auch machen.«

Charles dann so: »Ist das okay, Gustav?« Aber wir beide wussten, dass das gar keine Frage ist. Wir können nicht hier sein mit einem kranken Opa und Lily weiß von nichts. Dann hat Mila Lily angerufen. Sie ist den Gang auf und ab gegangen und hat ihr alles erzählt, wer sie ist und wie sie an mein Handy kommt und was mit Opa ist und was mit uns ist und wie das alles passieren konnte, und sie hat versprochen, dass sie hier bei uns bleibt. Sie war ganz ruhig dabei und nett und freundlich und hat sogar gelächelt, als ließe sich schon alles richten, als sei das hier gar nichts, zwei Kinder in einem Krankenhaus in Istanbul, ein Opa in Gefahr und eine Mutter, die von all dem nichts weiß. Dann hat sie aufgelegt.

»Sie kommt her«, hat sie gesagt, »mit dem nächsten Flieger, den sie kriegen kann.« Und auf einmal komme ich mir komplett blöd vor. Wie der dümmste Junge auf der Welt.

Ich hatte mir vorgestellt, wie Lily ihren Urlaub abbricht, auf den sie sich so lange gefreut hat, und jede Menge Geld für einen Flug nach Istanbul ausgibt.

»Gibt es was Neues?« Charles rappelt sich neben mir auf, reibt sich die Augen. Ich schüttle den Kopf.

»Ist deine Mama schon da?« Ich schüttle wieder den Kopf.

»Mist. Ich dachte, ich verschlafe einfach alles.« Für eine Sekunde ist Charles wieder Charles, dann schleicht sich schon wieder eine Träne aus ihrem Augenwinkel. »Es tut mir wirklich, wirklich leid, okay?«

»Dir muss gar nichts leidtun, wir sind doch alle gemeinsam gefahren«, sage ich. Mila und Umut kommen wieder, Kaffeebecher und Snacks in der Hand.

»Wollt ihr was essen?«, fragt Mila. Charles und ich schütteln den Kopf. »Okay, vielleicht später, ich heb euch was auf.« Ein Arzt kommt auf uns zu. Ich würge, Mila setzt sich neben mich und nimmt mich in den Arm. »Es wird alles gut. Du wirst schon sehen. Ich würde dir das nicht sagen, wenn ich nicht ganz sicher wäre. Ich pass auf.«

Ich mag sie, sagt Agatha. Sie steht unter meinem Stuhl.

Hm, denke ich.

Ehrlich, sagt Agatha, *ich glaube ihr. Selbst wenn das alles erfunden ist.*

Hm, denke ich wieder.

Der Arzt und Umut unterhalten sich, dann dreht sich Umut zu uns, er lächelt.

»Also, deinem Opa geht es so weit gut. Er leidet unter niedrigem Blutdruck und hat wohl vergessen, seine Medikamente zu nehmen, jedenfalls ist er deswegen umgekippt. Leider hat er sich dabei den Arm gebrochen und eine leichte Gehirnerschütterung zugezogen. Es ist ein unkomplizierter Bruch, dein Opa hat jetzt einen Gips und jede Menge blauer Flecken, aber beides wird nach einiger Zeit wieder heilen.« Ich bin erleichtert.

»Können wir denn zu ihm?«, fragt Charles und genau das wollte ich auch gerade fragen.

Opa ist immer noch Opa. Er hat einen Gips und seine Haare sind ein bisschen durcheinander und blass ist er immer noch, aber er ist Opa.

»Opa!«, sagt Charles.

»Charles«, sagt Opa. Charles fängt schon wieder an zu weinen.

»Na, na, na, kein Grund zu weinen«, sagt Opa.

»Es tut mir leid«, sagt Charles. Ich glaube, sie hängt irgendwie fest in diesem Programm. Ich gehe zu Opa und nehme seine heile Hand. Ich drücke sie vorsichtig. Opa kommt mir zerbrechlicher vor.

»Gustav«, sagt Opa, »es tut mir leid. Wir waren so kurz davor. Mir ist da etwas aufgefallen: Möglicherweise bin ich alt. Vielleicht auch etwas vergesslich. Hm.« Er kratzt sich an der Nase. Ich nicke. »Und vielleicht habe ich das alles verschwiegen. Älter werden ist manchmal wirklich scheiße. Ich weiß, ihr lernt, man soll das nicht sagen, aber das ist Quatsch, denn manche Dinge muss man einfach beim Namen nennen. Altersheim ist auch scheiße. Aber weißt du, ich wollte so gerne noch einmal raus. Ich wollte so gerne noch ein Abenteuer erleben. Die laue Sommerluft, der warme Asphalt der Straße, das Wärmeflirren in der Ferne, am Straßenrand die Lichter, die Bars. Ein Mal noch hinausstürmen und die Wunder der Welt erleben. Ich dachte, ich bin mir das schuldig, und ich dachte, ich bin dir das schuldig. Ich dachte, du musst mal rauskommen. Ich wollte, dass es besser wird. Dass sich dieser Schatten verzieht, der da ständig über uns allen schwebt. Ich will, dass du unbeschwert und glücklich bist. Also dachte ich: Schluss mit dem Rumsitzen, Schluss mit dem Warten auf den Tod, raus auf die Straße. Auf zu dem größten Abenteuer meines Lebens.«

»Unseres Lebens«, sage ich.

»Nein, Gustav«, sagt Opa und seine Stimme sackt ein bisschen ab, aber seine Augen bleiben fröhlich, »das hier ist das größte Abenteuer meines Lebens. Für dich ist es zwar ein großes Abenteuer, aber nicht das größte. Es ist eins von vielen, die noch kommen werden. Aber denk immer dran …« Er stockt. »Gib mir mal ein Stück Papier.« Ich reiche ihm einen Schnipsel und einen Stift. Er schreibt, was etwas unbeholfen aussieht, weil er es mit der linken Hand machen muss, dann gibt er mir den Zettel. »Hier, damit du es nicht vergisst. Aber eigentlich mache ich mir da keine Sorgen. Zur Not hast du ja immer Charles, die dich daran erinnern kann.« Er zwinkert Charles zu, die gerade ihr T-Shirt als Taschentuchersatz benutzt.

»Sehr ladylike«, sagt Umut lachend.

»Voll gut«, sagt Charles und wirft ihm einen Blick zu, der *Halt die Klappe* heißen soll. Ich lese den Zettel.

Nichts ist ohne Träume, Gustav. Kein Haus, kein Bild, kein Text und wahrlich, Gustav, wahrlich kein Zirkus – hätte nicht irgendwann einmal einer von Glitzer und Pomp geträumt, von gestreiften Zeltdächern und zahmen Löwen.

Ich lächle Opa an. Opa schickt mir ein schiefes Lächeln zurück.

»Und wie geht es jetzt weiter?«, fragt Mila.

»Wir warten auf meine Tochter und das Donnerwetter unseres Lebens. Und wenn das vorbei ist, dann überlegen wir, wie wir Emilio finden. Ich verlasse diese Stadt nicht, ohne unsere Mission beendet zu haben. Aber erst mal würde ich gerne noch ein bisschen schlafen.«

»Okay«, sagen alle außer mir und wir verlassen den Raum.

EINUNDZWANZIG

Ich sehe Lily schon von Weitem. Obwohl sie erst am Anfang des Ganges läuft, fällt mir sofort ihr Gesichtsausdruck auf. Sie sieht sehr wütend und sehr besorgt aus. Und noch etwas ist da in ihrem Gesicht, das ich nicht zuordnen kann. Ich beiße die Zähne aufeinander und balle die Fäuste.

»Scheiße, Gustav. Was habt ihr euch nur …« Sie steht vor uns, Charles und mir, so eine Falte habe ich noch nie zwischen ihren Augenbrauen gesehen. »Weißt du, was für einen verschissenen Schreck ich bekommen habe?« Sie nimmt mich in den Arm und drückt mich an sich. Es ist kein Zentimeter Luft mehr zwischen uns. »Das war ganz schön mutig von dir«, sagt sie und muss ein bisschen lächeln, »und ziemlich bescheuert.«

»Tut mir leid«, sage ich, »ich wollte, dass alles gut wird. Dass wir eine Familie sind. Dass du weniger arbeiten musst und weniger traurig bist. Und ich einen Hund haben kann.«

»Wir sind doch schon eine Familie«, sagt Lily. »Manchmal ist alles nicht so einfach und manchmal ist man traurig. Man kann ruhig mal traurig sein. Das gehört dazu. Auch bei mir. Und ein Mann, egal welcher, ist sowieso nie die Lösung, Gustav. Trotzdem kannst du deinen Vater natürlich kennenlernen. Und wir versprechen uns, dass wir in Zukunft mehr miteinander sprechen, okay?«

»Okay«, sage ich, »ich werde auch nicht mehr so blöd zu dem Mann sein.«

Lily streicht mir über den Kopf.

»Es wird schon alles werden«, sagt sie.

»Lily«, sage ich, es platzt es mir heraus, »Opa hat Emilio damals gesagt, dass er dich verlassen soll. Weil er sich Sorgen gemacht hat. Aber trotzdem.«

Lily nickt und lächelt. »Ich weiß doch, Gustav, ich weiß doch. Emilio und ich haben ja miteinander gesprochen. Und es lag gar nicht an Opa. Ich war wirklich in Emilio verschossen, aber wir hatten ganz unterschiedliche Vorstellungen vom Leben. Opa hätte sich gar nicht einmischen brauchen.«

»Bist du deswegen sauer auf ihn? Besuchst du ihn deshalb nie?«

»Ich bin nicht sauer. Ich besuche ihn doch manchmal.«

»Nicht in den letzten zwei Jahren«, sage ich.

»Oha«, sagt Lily, »okay. Ich arbeite dran. Jetzt werde ich gleich erst mal nach ihm sehen.«

Neben uns hickst Charles. »Auch das noch«, sagt sie.

Lily löst sich aus der Umarmung. Charles zuckt zusammen. »Es tut mir echt leid«, sagt sie schon wieder und fängt gleichzeitig an zu weinen. Ich schaue sie kurz überrascht an.

»Ist ja noch mal halbwegs gut gegangen«, sagt Lily. »Immerhin ist euch nichts passiert.«

»Uns nicht«, sagt Charles und wischt sich mit den Handrücken über die Nase.

»Charlie«, sage ich und stoße meine Schulter leicht gegen ihre.

»Wirklich«, flüstert Charles in mein Ohr, »wirklich. Ich wollte nur ein paar Antworten für dich finden. Nicht dass dein Opa abklappt.«

»Es geht ihm ja schon wieder besser«, sage ich, »und außerdem ...«

Ich zücke den Zettel von Opa und schreibe noch etwas dazu:

Und manchmal braucht man jemanden,
der für einen träumt,
wenn einem selbst die Fantasie fehlt.

Dann gebe ich ihn Charles. Sie lächelt mit zitterndem Kinn. »Wenn du mal groß bist, Gustav Socier, dann heirate ich dich«, sagt sie.

»Du siehst mir nicht wie der klassische Typ aus«, sagt Mila.

»Wilde Ehe«, sagt Charles.

»Diese Kinder sind verdammt klug«, sagt Mila.

»Oh Mann, ja, das sind sie«, sagt Lily und zieht die Augenbrauen hoch.

»Danke für alles, das war wirklich nett«, sagt Lily.

»Ach«, sagt Mila und winkt ab.

»Wo ist eigentlich Umut?«, fragt Charles.

»Der findet etwas heraus«, sagt Mila und zwinkert uns zu.

ZWEIUNDZWANZIG

Emilio wohnt auf einer Insel. Um zu meinem Vater zu kommen, muss man also mit dem Boot fahren, und das ist etwas, das mir gefällt.

»Schicksal, wenn du meine Mutter fragst«, hat Charles gesagt. Wir sitzen auf weißen Plastikstühlen am Fähranleger, Charles mit Vida im Arm, Agatha, Mila, Umut, Miffler, der den Sturz ohne jeden Schaden überstanden hat, Opa und ich. Lily ist in Istanbul geblieben.

»Ich bin nicht bereit dazu, Emilio zu treffen«, hat sie zu mir gesagt, »das Kapitel ist für mich abgeschlossen. Aber ich verstehe, wenn du ihn treffen willst.« So wie es aussieht, stehen die Chancen, dass die beiden noch mal zusammenkommen, ziemlich schlecht. Ich weiß nicht, ob es mich traurig macht oder nicht. Ich kann nicht richtig darüber nachdenken, weil ich jetzt vor allem aufgeregt bin. Das mit der Insel hat Umut rausgefunden. Er war noch mal auf dem großen Bazar. Emilio arbeitet da schon länger nicht mehr, er lebt jetzt auf einer der Prinzeninseln und hält dort Häuser instand.

»Die Prinzeninseln sind eine Inselgruppe vor der Küste von Istanbul, sie heißen so, weil der Kaiser Justinian I. seinem Neffen Justin II. dort einen Palast bauen ließ«, liest Charles vor. »Schätze, heute leben da mehr normale Menschen als Prinzen«, sagt sie.

»Ich hoffe, Emilio ist nicht noch weitergezogen«, sagt Charles, »was kommt hinter den Prinzeninseln? Griechenland.«

Opa schnaubt, Umut lacht.

»Genau«, sagt er.

»Dafür habe ich nicht mehr genug frische Unterhosen«, sagt Charles. »Wärst du sehr traurig, wenn wir ihn nicht finden?« Ich zucke mit den Schultern. Ich habe mir vorgenommen, mir nicht mehr so viele Gedanken zu machen und mir nichts auszumalen, weil alles hier ständig ganz anders läuft, als ich es mir vorgestellt habe.

»Eine Quasselstrippe bist du echt immer noch nicht, ne«, sagt Charles und es klingt ein bisschen vorwurfsvoll. Ich zucke noch mal mit den Schultern.

»Bist du aufgeregt?«, fragt Mila, als könne sie Gedanken lesen. Sie fragt es ganz leise, so, dass niemand sonst es hört. Ich nicke ganz leise, so, dass niemand sonst es sieht. »Das kann ich gut verstehen. Aber egal, was passiert, wir sind alle da.« Ich lächle und zippe an meinem Granatapfelsaft. Den gibt es hier überall am Straßenrand. Die Verkäufer haben riesige Saftpressen aus Stahl, die stark genug sind, um auch Granatäpfel auszupressen. Wenn ich groß bin, werde ich vielleicht Granatapfelsaftverkäufer. Ich steh voll drauf. Charles setzt sich ihre Sonnenbrille auf, die hat ganz runde große Gläser.

»Oh, hallo, John«, sagt Mila.

»Was?«

»John Lennon«, sagt Mila, »wegen der Brille.«

»Kenn ich nicht«, sagt Charles.

»Der von den Beatles«, sagt Umut.

»Beatles, wer hört die denn«, sagt Charles, »ich bin doch kein Spießer.«

»Lass sie nie gehen«, sagt Opa zu mir.

»Apropos Musik«, sagt Charles, »was sind eure Istanbul-Lieder?«, fragt Charles Mila und Umut.

»*Istanbul* von Orient Expressions«, antwortet Umut, »aber es gibt noch so viel mehr Lieder über Istanbul oder welche, die mich an Istanbul erinnern. Meine Liste ist ewig lang.«

»Wir wollen sie ganz«, fordert Charles.

»Ich stelle sie zusammen und schicke dir die Playlist, wenn wir wieder zu Hause sind«, sagt Umut.

»Deal«, sagt Charles und alle lachen. Dann legt die Fähre an und wir können an Bord. Wir setzen uns an Deck auf schmale Holzbänke. Wir fahren los. Am Ufer stapeln sich, die Häuser, dicht an dicht drängen sie sich, und es sieht aus, als reckten die Hinteren ihren Kopf in die Höhe, um auch einen Blick auf das Wasser zu erhaschen. Ich zerreiße ein Simit und werfe den Möwen kleine Stücke zu. Sie fliegen neben der Fähre hin und her, kommen näher, schnappen sich ein Stück Brot, segeln davon, kommen wieder. Charles hat die Augen geschlossen. Opa guckt aufs Meer. Mila und Umut knutschen ein bisschen.

Freunde tauchen dort auf, wo man sie am wenigsten erwartet, sagt Agatha.

Du bist ganz schön altklug geworden, denke ich zu ihr.

Man wird weiser mit der Zeit, sagt Agatha. Und: *Man hätte sich keine besseren Freunde für dich ausdenken können.*

Ja, denke ich und atme ein paar Mal ein und aus. Die Luft ist ganz anders hier draußen, frisch und klar.

Ich glaube, die Prinzeninseln werden mir gefallen, sagt Agatha.

Wir werden sehen, denke ich.

DREIUNDZWANZIG

Ein Mädchen auf einem Pferd ohne Sattel reitet an uns vorbei.

Siehst du, sagt Agatha, *es gefällt mir hier*.

Das Mädchen galoppiert die Straße hoch und biegt dann in eine Seitengasse ab. Es gibt hier keine Autos. Nur Pferde, Pferdekutschen und Fahrräder. Die Häuser wirken sehr alt. Voller Schnörkel, mit Fensterläden und Verandas. Das Holz, aus dem sie gebaut sind, ist teils weiß, teils bunt gestrichen, die Farben angegriffen von der Seeluft. In den Gärten wachsen Palmen und so viele blühende Blumen.

Vielleicht war das Boot eine Zeitmaschine und wir sind direkt in die Vergangenheit geschippert.

»Und jetzt?«, fragt Charles. »Mieten wir uns jetzt eine Kutsche, umrunden die Insel und rufen immer wieder laut Emilio, Emilio, Emilio?«

»Genau das ist der Plan«, sage ich.

»Echt?«

»Nein.«

»Hab mich schon gewundert«, sagt Charles, »du bist ja

eigentlich nicht so der Typ, der schreiend über eine Insel läuft. Was ist dann der Plan?«

»Ich habe eigentlich keinen richtigen Plan«, sage ich.

»Ich dachte, wir fragen uns wieder einfach durch«, sagt Mila, »aber dieses Mal vielleicht ohne dass jemand dabei kollabiert.«

»Ich gebe mir jede Mühe«, sagt Opa, schmollt und versucht, die Arme zu verschränken, was nicht ganz so gut klappt wegen dem Gips.

»Na, dann los«, sagt Umut und Charles nickt, sie hat schon wieder den Drang, etwas zu tun.

Umut geht vorneweg und wir laufen alle hinterher. Wir fragen zuerst in einem Restaurant am Hafen, dann beim Fahrradverleih, in einem winzigen Supermarkt, der eher ein Kiosk ist, aber alles hat, oder zumindest von vielem ein bisschen was, und dann fragen wir einen der Kutscher. Er ist ganz dünn und klapprig, genau wie sein Pferd.

»Er weiß es«, sagt Umut, »er kennt Emilio. Er kann uns direkt dorthin fahren.«

Wir steigen in die Kutsche, quetschen uns dicht an dicht. Dann traben die Pferde los. Wenn jemand im Weg ist, brüllt der Kutscher etwas, und die Leute springen zur Seite. Dann halten wir und er deutet zur linken Seite. Wir steigen aus. Das Haus, vor dem wir stehen, ist riesig.

»Oha«, flüstere ich.

»Dein Dad ist reich«, sagt Charles. Das Haus mit der Nummer 31 liegt direkt am Meer. Es hat drei Stockwerke, Balkone rundherum, einen Turm ganz oben mit riesigen bunten Glasfenstern und einen Eingangsbereich wie der eines Palastes, mit Säulen und Statuen verziert. Charles fährt mit den Fingern die Schnörkel des Eisentores nach.

»Der muss ja echt gut verkauft haben auf dem Bazar«, sagt sie. Ich versuche mir vorzustellen, wie der Mann von dem Foto mit seinem Schnurrbart, dem großen Lachen und nur mit einer Latzhose an auf einem der Balkone steht und auf das Meer blickt oder wie er durch die Zimmer geht, aber es will nicht so recht passen.

»Ist das sicher die Adresse?«, fragt Opa.

»Ich schätze schon«, sagt Umut, »außer der Kutscher hat uns einfach irgendwohin gefahren, um Geld zu machen.«

»Mit Rumstehen werden wir es nicht rausbekommen«, sagt Charles und drückt auf die Klingel. Niemand macht auf. Charles klingelt noch mal, wieder tut sich nichts. Jetzt bin ich gar nicht mehr aufgeregt. Der Wind hat alle Aufregung aus meinem Kopf gepustet. Jetzt liegt sie irgendwo auf dem Meeresgrund. Eigentlich habe ich schon richtig Übung darin, meinen Vater gleich zu sehen und dann doch nicht. Es ist fast schon normal, so wie für andere Tore schießen, Anker lichten oder Nudeln kochen.

»Vielleicht ist er ja auch gar nicht da«, sage ich.

»Sieht auch ziemlich verlassen aus«, sagt Mila und deutet auf die geschlossenen Fensterläden. Das Haus sieht wirklich nicht aus, als würde jemand darin wohnen.

»Hab ich ja gesagt«, sage ich.

»Ich geh mal gucken«, sagt Charles, stellt ihren Rucksack an der Mauer ab und fängt an hochzuklettern.

»Warte«, sage ich, »ich komme mit.«

»Okay, dann los«, sagt sie.

»Aufpassen, da geht's ganz schön runter«, sagt Mila. Wir hangeln uns an einer Kletterpflanze nach unten.

»Wir sind gut«, sagt Charles, als wir unten angekommen sind. Ich grinse. Dann schleichen wir los. Wir schleichen, als würde hinter den Fensterläden jemand lauern und nur darauf warten, zwei Kinder zu stellen, die gerade über den Zaun geklettert sind. Aber auch als wir hinter dem Haus ankommen, springt niemand aus der Tür hervor.

»Alter Falter«, sagt Charles, »das nenne ich mal eine Aussicht.« Was sie meint, ist das Meer. Das Grün des Gartens, das plötzlich endet, und dahinter direkt das Blau. Wenn wir das von unserem Balkon aus sehen würden, ich wette, dann hätten alle Stühle auf dem Balkon, zur Not würden sie sich auf die leeren Bierkästen setzen, alles wäre egal, auf die gute Art. Am Meer ist das so, da wird alles egal, auf die gute Art.

»Gustav, guck doch, hier«, sagt Charles und winkt mich zu sich. Sie steht an der Hausecke und deutet mit dem Kopf zur Seite. »Ich glaube, wir haben ihn gefunden.« Ich gucke Charles an, drehe mich weg und gucke wieder auf das Meer. Es sind drei Schiffe zu sehen, ich wische meine Hände an der Hose ab, ich wette, hier kann man viele Schiffe zählen, man kann bestimmt den ganzen Tag damit verbringen und es wird nie langweilig.

»Komm doch mal oder willst du lieber das Meer angucken?«

Das Meer rauscht in meinen Ohren. Oder vielleicht ist es mein Blut, das mit Highspeed in meinem Körper unterwegs ist. Ich gucke auf den Boden, da liegt ein Kieselstein, der richtig rund ist. Wie mit dem Zirkel gezogen sieht der aus, etwas größer als eine Zweieuromünze. Er glitzert in der Sonne. Ich hebe ihn auf.

»Gustav, jetzt komm ran hier.« Charles flüster-schreit wieder. Ich könnte jetzt auch einfach umdrehen, zurück über die Mauer klettern und behaupten, da wäre nie etwas gewesen. Ich könnte auch sagen: Leute, ich habe mir das anders überlegt. Lasst uns ein Eis essen gehen. Andererseits bin ich keine 2.204 Kilometer gefahren, um ein Eis zu essen. Ich gehe zu Charles. Ich stelle mich neben sie. Ich gucke vorsichtig um die Ecke. Da ist ein Haus neben dem Haus, ein viel kleineres Haus. Man sieht es von oben nicht, weil das Dach von rankenden Pflanzen verborgen wird. Es steht ganz nah an die Mauer gedrängt, es ist, als würde es sich verstecken. Es hat vorne vier kleine Fenster aus Holz, alle sind blau gestrichen. Das Haus selbst ist weiß, so wie sein großer Bruder. Vor dem Haus sitzt ein Mann auf einer Bank. Er trägt Badelatschen, eine kurze Hose und ein Unterhemd. Auf dem Kopf hat er einen Hut und in der Hand eine Zeitung, die er nicht liest. Die Haare, die unter dem Hut hervorgucken, sind zerzaust. Den Bart, den er auf dem Foto hatte, hat er jetzt nicht mehr. Er hat die Augen zu und hält das Gesicht zur Sonne. Mein Vater sonnt sich. Ich hatte mir das anders vorstellt. Ich dachte nicht, dass ich hinter einer Hausecke stehen und meinen Vater dabei beobachten würde, wie er noch brauner wird. Braun ist er schon, zumindest an Gesicht und Armen, die immer noch aussehen wie auf dem Foto, so als würde er oft viele schwere Sachen tragen. In meinen Vorstellungen haben wir uns sofort verstanden. Wir haben Witze gemacht und gelacht und über Lily und ihre Angewohnheiten geredet, er hat mir erzählt, dass er gerne Sachen sammelt und drei Hunde hat. Ich habe mir nie ausgemalt, ihn wie ein crazy Stalker heimlich zu beobachten.

»Guck mal, da ist noch ein Seiteneingang, da müssen wir klingeln, wenn wir zu deinem Vater wollen«, sagt Charles. Sie stapft los, den Weg von eben zurück. Ich werfe noch einen Blick auf Emilio. Wie er da sitzt und von nichts etwas weiß, gar nichts ahnt. Noch fünf Minuten, bis alles anders ist. Ich drehe mich und folge Charles.

»Ist doch besser, wenn wir ihn nicht überfallen. Sonst kriegt er noch einen Herzinfarkt beim Sonnen«, sagt Charles.

»Seit wann bist du so höflich?«, frage ich.

»Ich will nicht schon wieder jemanden kollabieren sehen«, sagt Charles.

Die Mauer hochzuklettern, ist viel schwieriger als runter. Die anderen müssen uns helfen und an den Armen hochziehen.

»Und?«, fragt Mila.

»Es gibt einen anderen Eingang und einen Vater«, sagt Charles, »und ein Haus neben dem Haus.«

»Wusste ich es doch. Das sah mir nicht nach Emilio aus«, sagt Opa mehr zu sich selbst als zu irgendjemandem sonst und lächelt.

Den Seiteneingang erreicht man von einer Seitengasse aus. Es steht nirgendwo ein Name an dem viel kleineren Tor, das mir nur bis zum Bauchnabel geht, aber eine Klingel gibt es. Dieses Mal klingle ich. Wir warten. Ich stehe ganz vorne, hinter mir Opa, links neben ihm Mila und Umut, rechts neben ihm Charles, als würden wir für ein Foto posieren, so eins, das man zu einem besonderen Anlass macht. Als wäre das hier meine Einschulung oder so etwas und alle wären gekommen, um mit mir zu feiern. Dann kommt Emilio. Sein Gesichtsausdruck ist fragend, er hat sicher keinen Besuch erwartet, und jetzt ist da diese seltsame Gruppe Menschen, die er nicht kennt. Vielleicht denkt er, wir haben uns vertan. Opa legt mir die gesunde Hand auf die Schulter. »Wir können jederzeit gehen«, sagt er. Ich nicke. Es ist komisch, in mir drin ist gar nichts los. Keine Welle von Gefühlen, die mich überwältigen, keine Sturmflut, kein Schiffbruch.

»Merhaba«, sagt Emilio, ohne das Tor zu öffnen.

»Merhaba«, sagen wir alle.

»Size nasil yardımcı olabilmiyim?«, fragt er.

»Er fragt, wie er uns behilflich sein kann«, sagt Umut.

»Hallo, Emilio«, sagt Opa. Emilios Stirn kräuselt sich, er spitzt die Lippen, dann huscht etwas über sein Gesicht, ein Ausdruck, kurz, wie eine Wolke im Wind die Sonne verdeckt.

»Joseph«, sagt er, krächzend, als wären es die ersten Worte am Morgen mit einem trockenen Hals. Es scheint nicht so, als ob er Opa sonderlich vermisst hätte.

»Emilio«, sagt Opa, »hallo. Lange nicht mehr gesehen.«

Ich beiße mir auf die Wangen, um nicht zu lachen. Wie er das sagt, als wäre nie etwas zwischen den beiden passiert. Als wäre alles nie gewesen und als wäre er nicht gerade

Tausende Kilometer hergereist, extra, um Emilio zu finden, sondern als seien sie sich gerade zufällig im Supermarkt begegnet. Emilio sieht einfach nur verwundert aus.

»Ja«, sagt er und öffnet das Tor, »was machst du hier?«

»Ich hatte da etwas auf dem Herzen«, sagt Opa.

»Na ja«, sagt Emilio. Emilio hat das geöffnete Tor in der Hand. Wir stehen immer noch davor.

»Byurun! Girin içeri, misafirim olun«, sagt Emilio schließlich.

»Er bittet uns rein, wir sind seine Gäste«, sagt Umut. Charles atmet hinter mir auf. Vielleicht dachte sie, dass wir jetzt kurz vor dem Ziel scheitern. Obwohl ich gar nicht mehr weiß, was das Ziel eigentlich sein soll. Wir gehen durch das Tor, Emilio schließt es hinter uns. Bis jetzt hat dieser Mann, der mein Papa sein soll, mich noch keines besonderen Blickes gewürdigt. Er hat nicht nach Luft geschnappt, ist nicht vor Schreck in Ohnmacht gefallen, hat keinen Freudensprung gemacht, mich nicht in seinen Arm genommen, vor Freude geschluchzt, vor Traurigkeit geweint, er ist nicht wütend geworden, weil er erst jetzt davon erfährt, er hat uns nicht vor die Tür gescheucht, weil er nichts davon wissen will, er hat nicht hundert Mal »Ist das wirklich wahr« gefragt und auch nicht »Endlich hast du mich gefunden, mein Sohn« gesagt, er hat auch nicht erzählt, dass das alles ein großer Irrtum sein muss, dass er immer nur ein Freund von Lily war und der Vater wäre in Wirklichkeit, das habe sie ihm im Vertrauen gesagt, der Binnenschifffahrtskapitän. Es ist seltsam, wenn man eine Nachttischlampe und eine Wasserpflanze durch ungefähr hundert fremde Länder kutschiert, einen Arsch voll Ärger mit seiner Mutter riskiert hat, fast erschossen worden wäre, und dann ist man da und nichts passiert. Im Haus ist es kühl. Ich folge den anderen wie ein Roboterhund. Wir gehen durch den Flur und das Wohnzimmer, auf dem Fernseher flackert das Standbild von Fortnite, durch die hintere Tür in den Garten. Emilio zeigt auf ein paar Stühle.

»Er hat echt deine Ohren«, flüstert Charles mir zu.

»Wer sind all deine Freunde?«, fragt Emilio Opa. Opa schaut uns an. »Umut und Mila, Charles und Gustav«, stellt er uns vor. Emilio reicht uns allen die Hand. Sie ist groß und rau und er gibt sie mir wie jedem anderen hier auch. Wir setzen uns. Ich schaue in Richtung Meer. Am Ende des Gartens stehen sieben Palmen, die größte steht am weitesten hinten. Daneben steht ein weißer Stuhl, von dem langsam der Lack abblättert. Ich stelle mir vor, wie Emilio dort sitzt und stundenlang auf das Meer schaut und die Wellen zählt.

»Also«, sagt Emilio, und dann macht er eine lange Pause, als müsse er erst nach den Wörtern suchen, »was ist, was machst du auf Büyükada?«

»Ich habe nach dir gesucht«, sagt Opa, »wir alle haben das.«

»Kann ich mal auf die Toilette?«, frage ich. Ich stehe auf und gehe nach drinnen. Ich gehe ganz langsam durch das Wohnzimmer und versuche, mir alles genau einzuprägen. Ich checke die Spielstände bei *Fortnite*. Im Badezimmer lasse ich mir kaltes Wasser über die Hände laufen.

Dinge in Emilios Haus:

- Ein Teppich in der Küche, dem eine Ecke fehlt, damit er genau an den Kühlschrank passt.
- Das Plumpsklo (Man muss es mit einem Eimer spülen, den man an einem Wasserhahn an der Wand wieder auffüllt.)
- Die Gummischlappen vor dem Plumpsklo (Es gibt genau ein Paar, dunkelblau und viel zu groß. Zumindest für mich.)
- Die Vase mit Kunstblumen auf der Fensterbank im Wohnzimmer (Rote Rosen, schon ganz ausgeblichen von der Sonne und voller Staub.)
- Das blaue Auge über der Tür
- Ein getragenes T-Shirt von Emilio über dem Stuhl draußen neben der Eingangstür (Es ist weiß und orangerot gestreift, und ich mag es, weil es so fröhlich aussieht.)
- Die Sammlung (Es gibt einen Setzkasten im Schlaf-

zimmer. In dem Setzkasten stehen lauter kleine Dinge. Kronkorken, ein Schlüsselanhänger, eine Sicherheitsnadel, eine Nuss, der Stöpsel eines Waschbeckens, ein Feuerzeug, ein winziges Stück Stoff, ein gehäkelter Ring, ein Ohrring, ein toter Schmetterling, eine Gebetskette, ein Plastikmännchen, ein Dübel, ein halber Bleistift, Spielkarten, eine Trillerpfeife. Jemand, der keine Ahnung hat, würde denken, Emilio sammelt Müll in seinem Schlafzimmer. Aber ich bin nicht jemand, der keine Ahnung hat. Ich bin jemand, der selbst sammelt, und wenn das keine astreine Hosentaschensammlung ist, dann weiß ich auch nicht.)

- Die Zeichnungen (Sie hängen im Flur und im Schlafzimmer, DIN-A5-Zeichnungen von Gegenständen, Vasen, Möbeln, Statuen.)
- Der weiße Porzellanlöwe mit der goldenen Mähne auf dem Regalbrett im Flur

VIERUNDZWANZIG

Als ich wieder rauskomme, kommt Opa mir entgegen. Er beugt sich zu mir. »Wenn du möchtest, rede ich zuerst mit ihm.« Ich schüttle den Kopf.

»Okay«, sagt Opa, »wenn doch, gib mir ein Zeichen.«

Ich nicke, dann gehe ich an den Tisch. Die anderen unterhalten sich. »Ich kümmere mich um das Haus. Und um andere Häuser, wenn es etwas zu reparieren gibt. Es ist ein schöner Ort, aber ich bin schon zu lange hier. Ein Freund hat vielleicht einen Job in Griechenland. Oder ich gehe mal in den Norden. Da war ich noch nie«, erzählt Emilio.

»Ist das viele Reisen nicht anstrengend?«, fragt Mila.

»Überhaupt nicht«, sagt Emilio, »ich mag's. Wenn ich es nicht mache, werde ich ganz nervös davon.«

»Wirklich nett hast du es hier«, sagt Opa, während er sich wieder an den Tisch setzt.

»Ja«, sagt Emilio, »ja.« Dann schweigen alle, nur das Meer nicht. Mila schaut Umut an. Charles wackelt mit den Beinen. Opa sitzt einfach da, wie er es auch manchmal im Altersheim macht.

»Wie geht es deiner Tochter?«, fragt Emilio plötzlich Opa. Er sieht dabei nicht wütend aus. Eher interessiert.

«Es geht ihr gut«, sagt Opa, »ganz gut soweit.«

»Das freut mich«, sagt Emilio. Es klingt nicht traurig oder nach Bedauern. Es klingt so, als würde es ihn wirklich freuen, aber auch so, als sei die Sache mit Lily schon sehr lange her.

»Lily ist meine Mutter«, sage ich. Meine Stimme zittert, aber ich sage es trotzdem sehr laut.

»Oh«, sagt Emilio.

»Ich glaube, ich schaue mir mal den Garten an«, sagt Mila.

»Ich komme mit«, sagt Umut.

»Super, Garten«, sagt Charles. Alle drei stehen auf.

»Oh«, sagt Emilio noch mal.

Opa nickt sachte und steht dann auch auf und geht hinterher. Als er an mir vorbeigeht, legt er mir kurz die Hand auf die Schulter. Emilio legt den Kopf in den Nacken. Er fährt sich durch die Haare und macht sich einen Dutt. Dann macht er den Dutt wieder auf. »Oh«, sagt er.

Oh, oh, oh, hallt es in meinem Kopf nach. Oh, oh, oh.

»Magst du Bootfahren?«, fragt Emilio.

»Ja«, sage ich.

»Ich habe eins«, sagt Emilio. Er steht auf. »Es ist unten.« Er deutet auf das Meer.

FÜNFUNDZWANZIG

Die Küste ist steil hier. Eine kleine, bröckelige Treppe führt die Klippen herunter. Unten schwappt das Wasser ganz friedlich an die Felsen. Auf einem kleinen Betonsteg liegt ein blaues Ruderboot.

»Vorsichtig«, sagt Emilio, »die Stufen können rutschig sein.«

Ich balanciere hinter ihm her und gebe mir größte Mühe, nicht abzurutschen, selbst wenn das Meer so ruhig aussieht. Unten angekommen, beginnt Emilio, das Boot ins Wasser zu lassen. »Du zuerst«, sagt er. Er reicht mir die Hand und ich klettere vorsichtig ins wackelige Boot. Ich setze mich auf eins der beiden Holzbretter. Emilio nickt, dann steigt er zu und zieht zuletzt das Ruder hinein. Er stößt uns vom Steg ab. Wir sitzen uns gegenüber, Emilio rudert. Die heiße Luft flirrt und schmeckt nach Salz. Vom Wasser geht ein kühler Dunst aus.

Wir schippern in der Nähe des Ufers entlang. Ich zähle und zähle und zähle die Verwirbelungen auf dem Wasser. Dann die Ruderschläge.

»Mach du mal«, sagt Emilio irgendwann und reicht mir die Ruder. Ich bin noch nie gerudert. Er zieht eine Zigarettenschachtel aus der Hosentasche und steckt sich eine zwischen die Lippen. »Rauchen ist schlecht«, sagt er, »fang bloß niemals damit an.« Er zündet die Zigarette an und deutet auf die Ruder. »Soll ich wieder?«, fragt er.

Ich nicke.

»Oder rauchst du schon?«

Ich schüttle den Kopf.

»Gut«, sagt er. Die Zigarette hängt ihm immer noch zwischen den Lippen. Rauch steigt auf. Vielleicht ein geheimes SOS-Zeichen.

»Ich liebe Bootfahren«, sagt er, »und das Meer. Es gibt nichts, was mich mehr beruhigt.«

»Ja«, sage ich, »ich auch. Aber in Berlin haben wir nur Flüsse und Seen.«

»Ich weiß«, sagt er. Und dann: »Es ist lange her, dass ich da war.« Er schaut mich an.

»Ich bin das erste Mal am Meer«, sage ich, »das erste Mal so weit weg von zu Hause.«

»Es war dir wichtig«, sagt Emilio. Ich nicke. Am Ufer streicht eine Katze entlang. Sie ist ganz weiß und springt von Stein zu Stein. Ich denke an alle Fragen, die ich hatte. Mir fällt keine ein.

»Fass mal unter deine Sitzbank«, sagt Emilio. Ich fasse

darunter und ziehe eine kleine Holzkiste hervor. Darin liegen lauter flache Steine.

»Gut, oder?« Er grinst. »Ist meine Sammlung. Zum Steineschnippen. Habe hier an manchen Tagen gar nichts zu arbeiten. Da kann man sich ein paar Hobbys zulegen. Mach du mal.« Ich nehme einen der Steine in die Hand und lasse ihn aus der Hand über das Wasser flippen. Er ditscht drei Mal auf, bevor er untergeht. »Nicht schlecht. Gib mir auch einen.« Emilio legt die Ruder aus der Hand und wirft den Stein. Seiner schafft fünf Mal. »Übungssache«, sagt er. »Steck dir einen ein. Für die Spree.« Ich fasse in die Kiste und stecke den schönsten Stein ein. Er ist ganz glatt und glänzt schwarz. Er drückt sich durch die Hosentasche kühl an mein Bein.

»Du zockst *Fortnite*«, sage ich.

»Ja«, sagt Emilio, »seit ein paar Wochen erst. Bin aber ganz gut.«

Ich nicke. Er wirft seinen Zigarettenstummel ins Meer. Ich sehe zu, wie er untergeht.

»Ist nicht cool«, sage ich, »so ein Ding auf einen Liter Wasser tötet die Hälfte aller darin schwimmenden Fische.«

»Oh shit«, sagt Emilio, »woher weißt'n du so was?«

Ich zucke die Schultern. »Lese gern«, sage ich.

»Ich reise gern«, sagt Emilio.

»Ja«, sage ich, »hab ich schon bemerkt.«

»Komm, wir fahren mal zurück«, sagt Emilio, »ich krieg langsam Hunger.« Er dreht das Boot und dann rudern wir zurück. Bevor ich weiß, was ich von all dem halten soll, sehe ich Charles oben an der Klippe. Sie hat Vida in der Hand, hüpft auf und ab und winkt dabei mit einem von Vidas Tentakeln.

SECHSUNDZWANZIG

»Und, wie war es auf dem Meer?«, fragt Charles mich und sagt *Meer* so, als würde sie etwas ganz anderes meinen.

»Woher hast du den spacigen Oktopus?«, fragt Emilio sie.

»Aus einem Automaten«, sagt Charles und zieht die Augenbrauen zusammen. »Und?«, flüstert sie mir zu. Ich zucke mit den Schultern.

»Er mag Boote«, flüstere ich zurück. Charles nickt bedächtig.

»Hey«, ruft Mila mit dem Blick auf ihr Handy, »wir dürfen die letzte Fähre nicht verpassen.«

»Wo wohnt ihr denn gerade?«, fragt Emilio.

»Wir wohnen in einem Bus«, sagt Opa.

»Ihr könnt über Nacht bleiben, wenn ihr wollt«, sagt Emilio, »wir können gemeinsam essen, und ihr könnt sehen, wie die Sonne hier im Meer versinkt.« Er lächelt. »Außerdem haben wir uns noch eine Menge zu erzählen, glaube ich.« Er schaut mich an und fasst sich an die Ohren.

»In Ordnung«, sagt Opa, »was meint ihr?«

»Kalıyoruz«, sagt Umut. Mila nickt. Charles gähnt und macht dann ein Peace-Zeichen mit den Fingern. »Ich hoffe aber, du kannst kochen«, sagt sie.

»Ich bin ganz passabel«, sagt Emilio.

»Sagst du deiner Mum Bescheid?«, fragt Charles. »Nicht dass sie die ganze Zeit am Fähranleger wartet und denkt, das Meer hätte uns verschluckt.« Ich nicke.

»Lily ist hier«, sagt Emilio. Ich nicke wieder.

»Oh«, sagt er.

»Zufall, Mann«, sagt Charles, »eigentlich sollte sie an der Ostsee sein. Aber dann ist Opa fast abgeschmiert. Na ja. Du weißt, wie das ist, wenn man noch sehr jung ist und auf Reisen.«

»Ich glaub, ich weiß eigentlich gar nichts«, sagt Emilio und steht einfach nur so da, verloren vor den Palmen.

SIEBENUNDZWANZIG

»Ich glaube, der Junge ist total überfordert«, sagt Charles zu mir. Sie liegt auf dem Sofa, ich auf einer Matratze auf dem Boden. Im Fernseher laufen Telenovelas. Wir verstehen den Text nicht, versuchen stattdessen zu erraten, was passiert. Die anderen sitzen noch draußen und unterhalten sich, aber ich bin nach dem Essen so müde geworden als hätte ich eine halbe oder ganze Ewigkeit nicht mehr geschlafen.

»Wen meinst du?«, frage ich.

»Deinen Dad«, sagt Charles.

»Ja«, sage ich, »na ja. Kann schon sein.«

»Wie er vorhin im Garten rumstand, wie mein Vater manchmal in seinem Atelier. Völlig lost.« Ich nicke, aber das kann Charles vom Sofa aus nicht richtig sehen.

»Hast du es ihm eigentlich erzählt?«

»Was?«

»Dass du sein Kind bist, Mann.«

»Nein, nicht direkt«, sage ich.

»Wie, nicht direkt?«

»Ich glaube, er weiß es.«

»Du glaubst es?«

»Bestimmt«, sage ich.

»Hast du ihm wenigstens Fragen gestellt? Wo er herkommt, was er so mag, was er nicht mag, wer seine Eltern sind, keine Ahnung, so was.«

»Er ist nicht schlecht in *Fortnite*«, sage ich.

»Aha«, sagt Charles, »na gut. Dafür hat die Reise sich natürlich gelohnt.«

»Das hat damit gar nichts zu tun«, sage ich, »die Reise hat sich sowieso gelohnt. Einfach, weil wir sie gemacht haben.«

»Richtig weise, Gustav. Meine Mum wäre stolz auf dich.«

»Frau Nowak auch«, sage ich.

»Wer ist das denn?«, fragt Charles.

»Nicht so wichtig«, sage ich.

Gustav, sagt Agatha, *ich brauche mal wieder einen Tapetenwechsel. Mir wird langsam eng und stickig hier drin.*

Ich nehme ihre Wasserflasche hoch und halte sie am ausgestreckten Arm nach oben.

»Agatha braucht Wasser und ein neues Gefäß«, sage ich zu Charles.

»Dann frag doch draußen nach«, sagt Charles.

»Ich hol mir einfach was aus der Küche, glaube ich.«

»Okay«, sagt Charles, »und jetzt pssst. Ich will nicht so viel von der Serie verpassen.«

»Ja klar«, sage ich und stehe auf, um in die Küche zu gehen.

Wenn ich könnte, würde ich Emilio nach einem neuen Wasserbehältnis fragen. Wenn ich mich trauen würde, müsste ich es erklären. Warum ich eine Wasserpflanze namens Agatha habe. Wie ich eigentlich einen Hund wollte und dass ich stattdessen eben eine Wasserpflanze bekommen habe. Wie die gar nicht so blöd war wie gedacht, weil sie nämlich spricht, wenn auch nicht sehr viel. Und alles andere auch. Das mit der Liste von Vätern, mit dem Mann, mit Lily, Opa und Charles und mit dieser Reise und wie alles ganz anders ist als gedacht. In der Küche fülle ich eine Schüssel mit Wasser und stelle Agatha rein.

Das tut gut, sagt sie.

Hm, denke ich zu ihr und trage sie vorsichtig zurück ins Wohnzimmer, ohne dass das Wasser überschwappt. Ich stelle sie ans Kopfende meiner Matratze.

Iyi geceler, sagt sie.

Was?, denke ich

Das heißt gute Nacht, sagt Agatha.

Aha, denke ich.

Ich lerne sehr schnell, sagt Agatha.

Ok. Iyi geceler, denke ich und schnalze ein paar Mal mit

der Zunge, um dem Geschmack der Worte nachzuschmecken.

»Mir fehlt der Bus ein bisschen«, sage ich zu Charles. Selbst zusammengeknüllt wie ein altes Taschentuch auf dem Rücksitz hat es mir gefallen. Ich mochte es, immer woanders zu sein, einzuschlafen an einem und aufzuwachen an einem anderen Ort. Neben mir Charles und vorne Opa, Agatha und Miffler neben sich.

»Schlaf jetzt, Gustav«, murmelt Charles. Sie hat sich mit dem Gesicht zur Sofalehne gedreht und mir die Fernbedienung aufs Kopfkissen geschmissen. Ich schalte den Fernseher aus und beobachte die Schatten an der Decke. Dann schlage ich die Bettdecke zur Seite und hole meinen Notizblock, Stift und Handy aus meinem Rucksack. Ich gehe wieder ins Bett, ziehe mir die Decke über den Kopf, um Charles nicht zu stören, schalte das Handylicht ein und schreibe los.

ACHTUNDZWANZIG

Ich bin der Erste, der aufwacht. In meiner Hand habe ich noch das Handy, der Notizblock liegt neben mir. Ich reiße die zwei Blätter raus, auf die ich geschrieben habe, falte sie und stecke sie in die Tasche. Charles schnarcht leise. Ich schleiche aus dem Zimmer nach draußen, die Tür quietscht ein bisschen. Das ist diese Sache mit der Fremde, man kennt die ganzen Eigenheiten noch nicht.

Es ist fast noch kühl draußen. Auf dem Rasen schläft Emilio. Seine Augen sind zu, er liegt auf der Seite, einen Arm unter dem Kopf. Er trägt ein altes, löchriges T-Shirt. Ich betrachte seine Ohren, die Charles für meine hält oder umgekehrt. Sein Gesicht im Schlaf. Auf der linken Seite, auf Höhe der Mundwinkel, aber weiter zur Seite, hat er eine kleine Narbe, von der ich nicht weiß, woher sie kommt. Der nackte Fuß, der unter der beigen Sofadecke hervorguckt und manchmal ein bisschen zuckt. Er hat dunkle Haare auf den Zehen und kurz will ich hingehen und sie zählen. Ich lasse es und höre ihm stattdessen beim Atmen zu. Ich gehe ein paar Schritte, Richtung Meer. Kieselsteine piksen unter meinen Sohlen. Der Himmel hat noch ein letztes bisschen Nacht in sich. Ganz weit weg am Horizont fährt ein Schiff. Wie wäre es, das jeden Morgen sehen zu können statt der S-Bahn-Station? Miffler hopst neben mich und setzt sich direkt an meinen Fuß. So stehen wir da, das Kaninchen und ich, und überlegen, nie mehr zurückzugehen.

»Wäre aber auch komisch«, sage ich.

»Man fragt sich, warum man selbst nicht am Meer lebt, oder?« Opa legt seine heile Hand auf meine Schulter und blickt auch aufs Meer. Ich erschrecke. Ich habe ihn nicht kommen gehört.

»Du kannst das in deinem Leben noch tun«, sagt Opa, »später. Du darfst es nur nicht vergessen. Manchmal vergisst man Sachen, sie gehen im Alltag unter. Es ist besser, sie nicht zu vergessen.«

Ich nicke.

»Weißt du, Gustav, ich hätte das nie gedacht. Dass wir wirklich einmal so eine Reise zusammen machen würden. Auch wenn ich nicht so besonders gern darüber rede, ist mir klar, dass ich nicht mehr der Allerjüngste bin. Ich kann zum Beispiel nicht mehr in die Höhe springen und die Hacken aneinanderschlagen und fallen kann ich auch nicht mehr wie früher; wenn ich es versuche, breche ich mir dabei den Arm, und keiner lacht. Aber ich bin noch in so guter Form, um mit meinem Enkel auf die Prinzeninseln zu reisen. Wer hätte das gedacht.«

»Ja«, sage ich, »irre.« Ich nehme Opas Hand, und wir stehen zu dritt da und sehen der Sonne zu, wie sie am Horizont auftaucht und das Meer rauscht und ein paar Möwen kreischen.

NEUNUNDZWANZIG

»Also dann«, sagt Opa.

»Teşekkürler. Kendine iyi bak«, sagt Umut.

»Tschüss und danke«, sagt Mila.

»Bis bald und hau rein«, sagt Charles. Es ist 13:01. Zeit, Abschied zu nehmen. Wir stehen am Tor. Wieder steht Emilio uns gegenüber. Er umarmt Opa und Umut und Mila und Charles.

»Du bist cool«, sagt er zu ihr.

»Ja, danke, ich weiß«, sagt sie und zwinkert ihm zu. »Verkack's nicht«, sagt sie noch. Sie dreht sich um und geht aus dem Tor. Emilio lacht. Dann stehen nur noch wir beide da. Emilio, zwei Meter vor mir, lässt die Schultern und die Arme hängen und sieht schon wieder ganz schlabberig aus. Ich habe keine Übung darin, mich von meinem Vater zu verabschieden. Also stehe ich einfach da und gucke auf das Loch in Emilios T-Shirt, durch das man ein bisschen Haut und einige dunkle Haare sehen kann.

»Gustav«, sagt Emilio.

»Ja«, sage ich.

Er kommt auf mich zu, nimmt mich in den Arm und drückt mich. »Ich habe da noch was für dich«, sagt er. Er greift in seine Hosentasche und gibt mir eine winzige Flasche und einen Zettel.

»Ich habe auch was für dich«, sage ich und gebe ihm die beiden Blätter aus meinem Notizheft.

»Oh«, sagt Emilio.

Oh, oh, oh, denke ich, ist das Geräusch meines Vaters.

»Du kannst mich immer besuchen kommen«, sagt er, »egal, wo ich bin.« Er lächelt, ein Lächeln, das wie ein Eisbrecher durch seine Augen fährt und nur warmes Braun zurücklässt. Ich nicke, drehe mich um und gehe. Ich gehe an den anderen vorbei. Ich gehe einfach weiter, die Straße entlang. Ich schlucke. Räuspere mich. Gehe weiter und hebe die Hand nach oben, um zu winken, aber ohne mich umzudrehen.

Lieber Emilio,

manchmal rede ich mit meiner Wasserpflanze und hin und wieder auch mit Menschen. Ich finde es leichter, Sachen nicht auszusprechen. Charles sagt, das ist nicht gut, weil sich dann alles in einem aufstaut und man von innen faulig wird. Ich denke, sie hat recht, auch wenn man innen nicht wirklich fau-

lig werden kann. Manche Dinge sagt man, obwohl man eigentlich weiß, dass man sie nicht sagen sollte. Manche Dinge will man nicht sagen und manche kann man nicht sagen. Vielleicht, weil man Angst hat, was passiert, wenn die Dinge erst einmal benannt und ausgesprochen sind. Vielleicht, weil man es so lange vor sich hergeschoben hat, dass einem unterwegs der Mut ausgegangen ist. Vielleicht, weil man nicht weiß, wie man es sagen soll. Was ich dir sagen wollte, ist, dass ich deine Ohren habe. Charles behauptet das und es stimmt. Dass ich auch Schiffe mag. Dass ich auch immer Fortnite zocken wollte, aber es nicht durfte, weil Lily es verboten hat. Ich weiß jetzt diese Sachen über dich und noch ein paar mehr. Der Erste, der mir von dir erzählt hat, war ein Freund von dir, der Besitzer des Zauberkönigs. Ich kenne seinen Namen nicht, weil wir vergessen haben, zu fragen. Aber er sagt, du sollst dich mal wieder blicken lassen. Charles hat diesen Freund von dir ausfindig gemacht. Sie ist ganz schön gut in so was. Sie ist noch in vielen anderen Sachen gut, zum Beispiel darin, einen in große Abenteuer zu verwickeln. Das Einzige, was sie nicht gut kann, ist, Meerestiere mit Krallen zu fangen, dafür ist sie zu zappelig. In Filmen, jedenfalls in denen, die ich ken-

ne, sind die Helden meistens groß und total stark, sie haben absurde Superkräfte oder endlos viele Waffen, sie kennen keinen Schmerz, weinen nie und sind meistens Männer. In echt sind Helden aber ganz anders, denke ich. Charles ist nämlich eine Heldin. Und Mila und Umut und Opa sind auch Helden. Dann habe ich Philou getroffen, der hat mir erzählt, wie du früher warst und wo du hinwolltest. Und Laszlo, aber der hat behauptet, nie von dir gehört zu haben, und außerdem hat er auf uns geschossen. Dann wäre Opa noch fast gestorben. Wir haben es am Ende trotzdem zu dir geschafft. Irre, oder? Heute ist mir noch was aufgefallen, wo wir uns ähneln: Wir haben keine Ahnung davon, wie es ist, miteinander zu sein. Aber wir stecken da beide drin. »Es ist, wie es ist«, sagt Frau Nowak manchmal, und: »Wir können es nicht ändern, aber wir könnten das Beste daraus machen.« Es ist nicht das Oberklügste, aber es stimmt. Ich dachte immer, Väter wissen, was zu tun ist, und sind sich nie unsicher. Jetzt weiß ich: Väter sind auch nur Menschen. Das ist okay so. Wenn es nicht so wäre, wie es ist, würde es die ganzen Bilder in meinem Kopf nicht geben. Von Opa, der neben dem Feuer tanzt. Von den endlos vielen Sternen. Von Camillas Lachen voller

Zahnlücken. Ich würde all diese Sachen nicht kennen: die Rufe der Muezzins, die Geschichten vom Zirkus, den Geschmack von Granatapfelsaft, den knorrigen Baum auf dem rumänischen Rastplatz, Vida, das Hitzeflirren der Straßen, die staubgelbe Luft, den schmutzigen Horizont unter einem blauen Himmel. Ich wollte dir noch etwas schenken. Ich habe es von Charles' Mutter. Das an der Kette ist ein Anhänger aus Zedernholz. Wie man hört, fängt er kosmische Energien ein. Wenn man ihn zwischen den Fingern reibt, ist das sehr beruhigend. Außerdem hilft es oft, wenn etwas schiefzugehen droht und man das Gefühl hat, das Universum steht nicht auf der eigenen Seite. Das ist eine ernste Sache mit diesem Universum, frag mal Charles' Mama. Ich glaube, du kannst die Kette mehr gebrauchen als ich. Ich habe Agatha und Opa und Lily und Charles.
Und eines Tages auch einen Hund.
Melde dich oder wink mir, wenn du auf einem Schiff die Spree langfährst, oder am besten beides.

Yakında görüşürüz, Gustav

DREIẞIG

Charles hat das erste Mal seit Langem ihren Schal um. Er flattert im Wind. Sie guckt mich über den Rand ihrer Sonnenbrille an.

»Guck jetzt sofort, was dein Vater dir geschenkt hat. Ich kann diese Spannung nicht aushalten.« Ich ziehe die Sachen von Emilio aus der Tasche. In der kleinen Flasche ist ein noch kleineres Schiff. Ein Zweimaster.

»Er war wohl doch nicht ganz so lost, wie ich dachte.« Sie lacht.

Ich stecke die Flasche zurück. Der Zettel ist vier Mal gefaltet, das Papier dünn und mit einem ganz leichten Gelbstich, als wäre es schon alt. Ich falte es auseinander. Darauf sind zwei Zeichnungen. Eine mit mittlerweile verblichener blauer Tinte gemalt. Unser Hochhaus. Das erkenne ich gleich. An den vielen Balkonen und an der Frau mit dem wirren Haar, die davorsitzt. Es ist die Botschafterin des Messias, Frau Nowak. Nur jünger als jetzt. Ich stelle mir vor, wie sie Emilio ihre seltsamen Sprüche zuruft, während er dort steht und das Bild anfertigt. Neben das

Hochhaus ist Emilios kleines Haus an der Mauer gezeichnet. Die grauen Bleistiftstriche sind an manchen Stellen ein bisschen verwischt und berühren das Tintenblau. Ganz unten rechts steht klein Emilios Name. Ich gucke hoch und wieder auf das Papier. Die beiden Häuser meiner Eltern. Ich schaue mir die Häuser an. Ich falte das Papier wieder zusammen und halte es in der Hand. Der Wind spielt mit meinen Haaren, die Sonne bringt das Meer zum Blitzen und das Schiff fährt immer weiter. Ich will mir alles genau merken. Diese ganze verrückte Sache.

»Danke«, sage ich zu Charles, den Blick auf die Prinzeninseln gerichtet, die immer kleiner werden. In der anderen Richtung, am Fähranleger, wartet Lily auf uns. Charles lehnt sich über die Reling, beugt ihren Kopf nach unten und spuckt ins Wasser, es klatscht richtig, als hätte sie einen winzigen Kiesel geworfen.

»Niemand kann so gut spucken wie ich«, sagt Opa, der plötzlich neben Charles über der Reling hängt und schon die Lippen spitzt. Es klatscht.

»Machen wir mit«, sagen Umut und Mila gleichzeitig, lachen und dann hängen sie alle da und spucken ins Meer.

»Das bringt bestimmt Glück«, sagt Mila.

»Ja«, sagt Charles, »am Ende haben wir alle unsere eigene Prinzeninsel.«

»Genau, und dann schippern wir immer mit kleinen

Booten zwischen den Inseln hin und her, um uns zu besuchen«, sagt Mila.

»Ich schippere nicht in kleinen Booten, dafür bin ich zu alt. Wenn ich schippere, dann schon auf einem stattlichen Boot. Einem richtigen. Mit Segeln«, sagt Opa.

»Tamam«, sagt Umut, »du bekommst das einzige Segelboot, das wir haben werden.«

»Los, Gustav, du musst auch«, sagt Charles und zieht mich an meinem Arm zu sich. Also hänge ich mich dazu und spucke auch. Wir schauen noch ein bisschen aufs Wasser und die Stelle, an der sich unsere Spucke gerade im Meer verteilt hat.

»Echt, danke«, sage ich noch mal. Charles grinst wie das größte Honigkuchenpferd auf Erden, und ich weiß, darauf wird sie sich richtig was einbilden. Damit wird sie mich noch Jahre aufziehen, für immer vermutlich, aber das ist egal.

»Ach«, sagt sie, »immer wieder gern, Gustav, immer wieder gern.« Und ich weiß nicht, ob das eine Drohung ist oder ein Versprechen oder beides.

Einunddreißig

Opa tanzt. Er wiegt sein knochiges Becken von rechts nach links, schnipst, den Arm in der Luft. *Globus* von Hayiti kommt aus Charles' Boombox. Es ist ihr Lieblingslied. Erst war Opa ganz still. Er saß auf unserem Sofa und hat und hat sich keinen Zentimeter bewegt. Aber dann ging's los: Erst ein Zucken in seinen Fingern, die Füße wippten und dann setzte ein stetiges Kopfnicken ein, Opas Hände lösten sich von der Armlehne und wirbelten durch die Luft und sein Körper folgte, schlängelte sich hin und her, und jetzt tanzt er immer noch, Opa auf seinen wackligen O-Beinen, und lacht. Immer, wenn er lacht, bekommt er noch mehr Falten. Um Opa herum hüpft Miffler. Weil ich Angst habe, dass Opa drauftritt, versuche ich, ihn mit einer Karotte aus der Gefahrenzone zu locken.

Aber Miffler macht nicht einen Hopser in meine Richtung. Unterdessen tanzt Opa und grinst und klatscht in die Hände. Charles sitzt im Schneidersitz auf dem Sofa und nickt zufrieden zum Takt. Der Mann steht in der Küche und macht für uns Pizza. Er macht so richtig den Teig selbst und alles. Lily liegt auf dem Balkon. Nachdem wir zurückgekommen sind, hat sie angefangen, alles zu bepflanzen.

»Das ist sehr klug«, hat Opa gesagt, »Gustav, gerade in vertikalen Städten wie diesen. Gerade in solchen Betonklötzen, wo sie uns von jeder Lebendigkeit abschneiden wollen, gerade hier.« Ich habe genickt, und Charles, die auch dabei war, weil sie irgendwie immer dabei ist, hat »Mach nicht so einen auf Klugscheißer« gesagt. Wir haben Lily alle geholfen. Opa, Charles und ich.

Opa ist jetzt oft zu Besuch. Fast jeden Tag eigentlich. Wir haben Erde in Tetrapacks und Dosen und Essiggurkengläser getan und Samen und Setzlinge reingesteckt. Für die großen Pflanzen haben wir Blumentöpfe, Vasen und Kochtöpfe vom Sperrmüll gesammelt. Um manche davon haben wir Seile gebunden, damit wir sie am Dach über dem Balkon festmachen können. Langsam wird alles ganz grün. Agatha hat gesagt, sie könne Pflanzen, die an der Luft wachsen, nicht ausstehen. Die seien seltsam. Zum Trost haben wir ihr ein richtiges Aquarium gebaut. Sie mag es supergern, auch wenn sie es nicht zugibt, aber man merkt es an der Art, wie ihre Blätter wehen. Opa dreht sich um, zieht etwas aus seiner Hosentasche, bewegt seinen Arm zu seinem Gesicht und dreht sich wieder zurück. Er hat sich seine Clownsnase aufgesetzt.

»Ja«, ruft Charles und springt auf. Sie schnappt sich

Miffler, dreht sich im Kreis und lacht. Sie setzt Miffler wieder ab und hebt die Arme in die Luft.

»Gustav«, ruft sie und zeigt mit einem Finger auf mich, »wohin soll'n wir fahren? Ich dreh den Globus und du hältst ihn an.« Sie lässt sich vor mir auf den Boden fallen.

»Der Track ist so gut. Fühlst du das?« Ihre Haare stehen in alle Richtungen ab. Sie sieht aus wie die Sonne.

»Charles«, sage ich, »kann es sein, dass das Universum meistens ganz anders antwortet, als man es gedacht hätte?«

»Klar«, sagt sie und legt die Stirn in Falten, »du kannst nur deine Fragen stellen und offen sein. Dann kommen Antworten, aber was für welche, kannst du nicht entscheiden. Gustav, Mann, das ist das Universum, es ist verdammt groß und supermystisch.«